U0676386

最美文
Zui Meiwen
华语心灵畅销佳作

Zui Meiwen

最美文
Zui Meiwen

人生没有多余的珠子

一路开花　陈晓辉 / 主编

煤炭工业出版社
· 北 京 ·

图书在版编目（CIP）数据

人生没有多余的珠子／一路开花，陈晓辉主编．--北京：煤炭工业出版社，2016（2023.1重印）

（最美文）

ISBN 978-7-5020-5438-0

Ⅰ.①人… Ⅱ.①一… ②陈… Ⅲ.①散文集—中国—当代 Ⅳ.①I267

中国版本图书馆CIP数据核字(2016)第181090号

人生没有多余的珠子

主　　编　一路开花　陈晓辉
责任编辑　马明仁
编　　辑　郭浩亮
封面设计　宋双成

出版发行　煤炭工业出版社（北京市朝阳区芍药居35号　100029）
电　　话　010-84657898（总编室）
　　　　　　010-64018321（发行部）　010-84657880（读者服务部）
电子信箱　cciph612@126.com
网　　址　www.cciph.com.cn
印　　刷　北京飞达印刷有限责任公司
经　　销　全国新华书店

开　　本　710mm×1000mm 1/16　**印张**　14　**字数**　200千字
版　　次　2016年9月第1版　2023年1月第4次印刷
社内编号　8301　　**定价**　46.00元

版权所有　违者必究

本书如有缺页、倒页、脱页等质量问题，本社负责调换，电话：010-84657880

最美文 目录

CONTENTS

第一辑 不凭经验

第二辑 脸一直向着阳光

最美文

第三辑 用幽默挺过艰难的日子

第四辑 让心中拥有一片湖

第五辑 与尘世握手言欢

第六辑 善良比聪明更重要

最美文

第七辑 锻造生命链条的韧性

第一辑

不凭经验

怀一颗孔子心，染一身庄子气，在天做飞燕，落枝成麻雀，收放自如，高下皆宜，既如君子般自强坦荡，又似隐士般自在逍遥。如此，日子就能演绎成一门生活化的艺术，前路的风景更是值得期待。

Zui Meiwen

登上人生的高峰

文 / 刘墉

我上小学的时候因为演广播剧，有一天自己也试着写了个剧本。写好，很得意地拿给老师看，哪里知道老师才看一眼就说，你写坐火车去阳明山？阳明山根本没有火车，你乱写嘛！

我当时好伤心，但是继续写，由剧本写到散文，写到小说，写到今天。

我刚上高中的时候，学国画，总是临摹老师的画稿。但我有我的想法，就自己创作。我的母亲看了说：自己画得不好看，还是临摹老师的吧！

当时我听了也很伤心，但是坚持自己画自己的，没多久就得了全台湾美展的大奖，评审还说我画得不凡。

我三十岁的时候，写了一本寓言故事，写成，正好有位文坛的朋友来，就拿给他看。他读了几篇说：你拔过一种叫麦门冬的植物吗？会拔的人一次可以从土里拔起一大串，不会拔的只能拔出几棵。你这些文章就像拔麦门冬，拔了，但是不多。

朋友离开之后，我很懊恼，我太太安慰我说，你已经是名作家，他远不及你，只是酸葡萄作用，何必听他的？但是我说，他讲得有理，于是全部重写。成为我长销至今的“点一盏心灯”。

在你成长的过程中，常有人浇凉水，问题是，别人一浇，你就退缩了吗？如果你认为自己对，就可以坚持到底，走自己的路。如果自己确实不足，也别怕！别犹豫！立刻改正！

最近总看到新闻，说社会上年轻人的起薪太低，有一天我就问个大老板为什么不多给些。老板说：那些年轻人一点经验都没有，进来，我先得教他，他们是来上学耶，不用缴学费，有钱拿，还嫌少吗？

我不敢说那老板就该少给，但是必须说最好的工作不见得薪水最高，而是最有前景，最有发展，最能学到东西的工作。如果有人给我高薪，却无法让我进步，我是不去的。因为我的青春更值钱，我不想老死在一摊死水里。

我曾经在书里写过个真实故事，有个学生来跟我抱怨不受老板重用，打算自己出去创业。我说很好啊！但是先得好好准备，把你现在公司的那一套都学会。

学生听了，每天自愿加班学写英文商业文书，了解外贸的每个流程，跟客户建立良好的关系，连影印机换碳粉，都跟在维修人员的身边学。半年之后，我问那学生是不是可以跳槽了，他一笑说：不必了，他已经升官加薪被老板刮目相看了。

为什么有这样大的变化？因为他在工作中学习，展现了更积极的态度和用心，而不是混日子等着加薪。所以当你工作不顺的时候，怪别人之前，先问问自己。

女儿小的时候，有一天我教她论语，说孔子讲自己十有五而志于学，三十而立，四十而不惑，五十而知天命，六十而耳顺，七十而从心所欲，不逾矩。

我女儿问，那八十呢？九十呢？这下把我问倒了，可不是吗？过去人的寿命短，20 世纪初男人平均寿命不到五十岁。现在寿命长多了，以后甚至可能活到一百多岁，比古人多了几十年，加上世界的变化快，我们还能用古人的标准吗？

过去十年寒窗无人问，一举成名天下知；家有万贯不如一技在身。现在还能学一技就够用一辈子吗？连手机都没几个月就变个样子，人人都得与时俱进，与时俱变，稍稍不努力就会被淘汰，所以大家要有终生学习的态度。

谈谈早恋吧！其实恋爱就是恋爱，只是随年龄的不同，对恋爱的感觉可能不一样。也可以说，我们每天都可能改变对恋爱的诠释。所以十六岁，二十六岁，三十六岁，四十六岁，对恋爱的想法可能大不同，不能说谁对谁错。只是，爱别人之前，先得爱自己，因为自己也是人，你连自爱都做不到，哪有条件去爱别人呢？

如果你作为一个学生，不能把学业搞好；作为子女，不能孝顺父母；甚至早上起不来床，不懂得照顾自己的身体，又哪有能力去爱别人？

相对地，如果你恋爱之后，人生态度更积极，更快乐，功课更好了，身体更健康了，对父母师长更有礼貌了，还懂得保护自己，把握分寸，就算中学谈恋爱又如何？

人生好像登山，无论走大路，爬台阶，攀悬岩，最重要的是要认清目标，认清方向。而且要知道站在巅峰是很冷很孤独的，无法忍受那种孤危的人很难长久地站在巅峰。

真正的登山者要超越自己，当你站在这个山头，羡慕另一个山头更高更美的时候，你要做的第一件事是走下这个山头。没错！你可能走下之后，因为山洪暴发，或者体力不继，再也攀不上另一座山，但是只要你能不负你的心，就能不负你的生命。

祝大家超越与生俱来的弱点，创造属于自己的风格，肯定自己是天地之间不可或缺的存在！

孔子心和庄子气

文 / 张云广

我们应该顺应自然，立在真实上，求得人生的光明，不可陷入勉强、虚伪的境界，把真正人生都归幻灭。

——李大钊

时近中秋，一场冷雨下过，天色已抵近黄昏。

邻居家的老榆树上，数只麻雀正梳理着翅膀下和尾巴上有些潮湿的羽毛，神情悠然而专注，还不时惬意地叽叽喳喳几声，像极了庄子眼中和笔下的风景。

天空，随风而动的灰色云层下，几只燕子在忙着捕食，再过不了多久，它们就要跋山涉水飞往南方了。用羽翼追求梦想丈量天下，一路奔波劳顿如当年周游列国的孔子。

麻雀与燕子，代表了两种不同的生存状态；庄子与孔子，代表了两种不同的人生哲学。

常常忆起老家的一位精神矍铄的老大爷，算来他今年已经66岁了吧，都在城市上班的儿女曾无数次劝他离开农村与自己一同居住，却被他次次回绝。他吹的小曲隔着老远就能听见，他喜欢独自一个人漫步在乡间小路上，看看大豆的长势，摸摸高粱的结节，听听蟋蟀的弹奏，望望远处的羊群，满心盛开的都是满足和愉悦。他是一个典型的村庄留守者，正如那群麻雀，只在村庄和村庄附近鸣唱，任寒暑易节春秋暗换。

只是自然界中有界限分明的麻雀和燕子，当今社会特别是年轻一代中却很难觅到纯粹的庄周和孔丘。孔子的入世进取激励我们在事业的疆场上驰骋拼搏，庄子的出世无为却能给欲火过旺的心灵降温，降低飞行的高度，还心态以平和安宁。

有一位朋友，上班时被同事称为“工作狂人”，就连中午在单位吃午饭时与饭友谈论的话题都常是下一步的计划，计划一旦制订就不折不扣地执行。但一回到家就像变了一个人一样，脱掉工作装，换上休闲服，下厨做菜无不精通，侍弄花草无不在行，每逢假日常常开车带上家人流连于山水之间，登东皋以舒啸，临清流而小酌，即使不能远行，也要起个早走出家门去广场上打太极或抖空竹，生活被他调剂得有张有弛，有滋有味，人也活得抖擞高效。

怀一颗孔子心，染一身庄子气，在天做飞燕，落枝成麻雀，收放自如，高下皆宜，既如君子般自强坦荡，又似隐士般自在逍遥。如此，日子就能演绎成一门生活化的艺术，前路的风景更是值得期待。

载于《读者》

幸福感来自对于生活的热爱和无限激情，来自内心的淡定从容。是在历经污浊逼仄之后，突然看清许多真实。有诗，必有远方，那个一直追寻的远方，便是真正的生活。

铁篱笆和藤蔓

文 / 倪西赟

舍，在佛教里就是布施的意思。布施，就如尼拘陀树，种一收十，种十收百，种百可收千千万。

——星云大师

铁篱笆曾经的辉煌是和伙伴们合力擒住了几个翻墙的盗贼，也曾用尖利的牙齿，刨开过一条跃起试图逃跑的狼的胸膛！

而今，铁篱笆因主人的搬走而寂寞无边。

一个路过的小女孩走过来，顽皮地就要攀爬铁篱笆。小女孩的妈妈急忙喝住小女孩："别动，那是个凶狠的铁篱笆，小心伤着。"小女孩带着失望的眼神，怯怯地离开了。

铁篱笆很郁闷，连个小孩都不敢接近它。

"篱笆大哥，帮帮我吧。"一条藤蔓悄悄爬到铁篱笆的脚下。

铁篱笆看到那只伸过来的细长孱弱的手臂，有点不情愿。但是，细藤还是轻轻攀上它的手臂。

"真是讨厌！"铁篱笆心中默默嘀咕。过了一会儿，火辣辣的太阳爬上铁篱笆的头顶。铁篱笆不但没觉得浑身燥热，反而感到阵阵清凉。

有一天，藤蔓在铁篱笆头上开出一朵紫色的小花，惹来了蜜蜂和蝴蝶。

“你帮帮我吧，帮我看着花，让蝴蝶和蜜蜂安心地采蜜，别让坏人靠近。”藤蔓央求着对铁篱笆说。

“我来保护你，放心地开花吧。”铁篱笆不再拒绝。

夏天到了，花儿谢了，藤蔓又长出一个个小瓜。

“你再帮帮我吧，帮我提着瓜，谁需要就让他拿去。”藤蔓说。

铁篱笆当然很乐意。

瓜儿熟了，路过的人摘走它，不停地赞叹：“好篱笆！”

铁篱笆顿时心花怒放。

冬天，花儿、瓜果都没有了。

藤蔓又对铁篱笆说，帮我保管好衣衫吧，我要冬眠了。藤蔓把自己缠绕在铁篱笆上，厚实得像一堵墙。

北风呼呼的早晨，一个赶路的人冻得发抖。他发现了铁篱笆，赶忙蹲下搓搓手和耳朵说：“真暖和。”

铁篱笆突然醒悟：它帮藤蔓，其实是在帮自己！

铁篱笆再也没有抱怨过自己没有用武之地。因为它明白了：一根藤，一朵花，一颗果，都有一个柔软的世界。

载于《意林注音版》

山不厌高，海不厌深。舍，看起来是给别人，其实是给自己。舍得什么就得到什么，如果骄慢是烦恼，那你舍去骄慢不就得到清凉了吗？如果妄想是虚伪，那你舍去妄想不就得到真实了吗？

鲜花不怕雨

文 / 程刚

逆境给人宝贵的磨炼机会。只有经得起环境考验的人，才能算是真正的强者。自古以来的伟人，大多是抱着不屈不挠的精神，从逆境中挣扎奋斗过来的。

——松下幸之助

有个强盗溜进寺院盗香火钱，被小沙弥看见了，小沙弥上前与之搏斗，结果受了重伤，心理有了阴影，胆子变得非常小。

几个月调理后，他的身体伤好了，但心伤依旧。那段日子，他精心将一株小花栽在花盆里，长势很好，不久便开花了。小沙弥把它放在院子里，小花每日接受阳光照射，娇艳欲滴，美丽动人。

这一天，大师带着他下山去化缘，突然乌云密布，狂风骤起。小沙弥突然想起自己的花还在院子里，急忙对大师说："师父，徒儿要赶回去，有盆花已养好久了，还在院子里，一会儿狂风暴雨来临，恐怕花就谢了。"小沙弥说完，便要往回跑。可大师叫住了他，对他说："不用回去，鲜花不怕雨。"这可怎么说，小沙弥一脸疑惑，可又不敢反驳师父，只好跟着师父走，可他却心乱如麻，一直惦记着那盆花。

终于跟着师父回来了，小沙弥第一时间跑去看花，可令他难过的是，那朵盛开的花早已被雨水打得七零八落，小沙弥难过极了，转而看向师父，对师父说："师父，您不是说鲜花不怕雨吗？可它现在怎么被雨水打落了呢？"

师父笑了，抚摸着他的头，对他说："徒儿，鲜花从来不怕雨，它只是在与雨水的搏斗中暂时失败而已，不过，再有几天它还会开出美丽的花儿，如果它真的怕了，就永远都不会开花了，不是吗？"

小沙弥理解了师父话中的含义，突然间醒悟过来，感谢师父指点迷津。

载于《意林少年版》

每个人的身体里都藏着另一个自己，他怯懦、自私、虚伪和不成熟。每一次苦难，都是我们成长的时机，它让你摒弃那些不好的品质，从而做最好的自己。所以，每个人到最后，面对的最大的敌人是那个不好的自己。

不凭经验

文 / 薄陨

如果你要成功，你应该朝新的道路前进，不要跟随被踩烂了的成功之路。

——约翰 · D. 洛克菲勒

秀才找到大师，告诉大师他一直在贩卖布匹，去年在邻县又开设了一个店面，售卖的布料质地很好，售卖门面也在县里繁华地段，总之，什么都和我们县里的店面差不多，可生意就是一直很冷清。

大师沉思片刻，带着他来到山脚下。山脚下通向后山有两条路，一条路看上去荆棘不多，道路平整；而另一条则荆棘满地，几乎看不见路。大师问秀才："施主，这两条路只有一条通向后山，你看是哪条？"秀才认真观察了一下，略有所思地回答："当然是路面平整的这条。""为什么呢？"大师问。"这条路荆棘少，而且平整，那肯定是走的人多，走的人多了，那就说明这是通向后山的路啊。"秀才胸有成竹地对大师说。

大师一笑，对秀才说："施主，空口无凭，不如走走试试，到时候定会知道哪条路是通的。"秀才一听，大师是在怀疑他的判断，那一定要证明给大师看他的判断是对的。于是，秀才走上了平整的那条路。

傍晚时分，秀才回来了，一脸茫然，对大师说："师父，对不起，我判断错了，这条路是一条死路。"大师轻笑不语。"可为什么它如此平整呢？

难道不是人走得多吗？”秀才不解地问。

大师又是一笑，对秀才说：“你想想，如果你走另外一条路，走一遍就可以过去了。可现在走上了这条路，知道是死路以后还要返回来，走了两遍，当然就把这条路踩得很平整喽。这就像你做生意，怎么做一定要考虑好，不一定要遵循老套路。有些时候，经验可以害死人。”

秀才听后，顿悟。

载于《青年文摘》

没有什么是绝对的，那些看似宽广的康庄大道未必适合你，那些杂草丛生的小路也许是你成功的必经之路。去寻找属于你自己的出路吧！

简单是智慧

文 / 荒沙

任何事物都不及“伟大”那样简单，事实上，简单就是伟大。

——爱默生

古时有一位知府新上任不久，他想考察一下手下的三位官员，向朝廷举荐一位。一天，他坐在正堂召集三人开会，开完会对三位官员说：“我需要一根针，你们准备一下。”说完，便走出了正堂。

“知府新上任，只要一根针，这是什么意思呢？”三位官员都摸不着头脑。

第二天，三人都没来办公，知府便向官差询问三人去处。不一会儿，官差回来禀告知府说：“大人，李官员昨天买了一根杵，正在家里光着膀子磨针，要告假一段时间。”知府听后，点了点头。又问：“那刘官员呢？”“刘官员昨晚已经起程，不知道去哪儿买针线了，估计两天之后回来。”知府听后点了点头。接着又问：“那王官员呢。”“王官员的父亲生病了，正在家中照看，这几天不能来。”知府点头不语。

三天后的中午，知府正在府衙办公，李官员来了，对他说：“大人，您说需要一根针，为了表示我的诚意，我特地买了一根杵，日夜在家打磨，需再过两天才能给您。”知府听后不语。晚上，李官员来了，小声对知府说："大人，在下买了数十种针，而且买了数十种线，供大人使用。"知府听后，不言语。

隔天知府审完案，王官员来上班，见了知府赶忙走上前，对知府说："大人，前些天老父生病在家照看了几日。你要的一根针我从家里拿来了，您看合不合适，如不合适，我再到街上买。"知府笑了，对王官员说："很好，我要的就是这个。"

第二天，知府便将王官员举荐给了朝廷。李官员和刘官员很不服气，私下里打听知府为啥这样做。知府差人对二人传话："我只要一根针，没你们想的那样复杂，凡事简单点儿，简单才是智慧。"

载于《特别关注》

一个人内心的简单，化解着生活的复杂，没有谁的人生是一种简单的左右逢源挥洒自如，人生的过往也不是一种个性固执的存在，面对着时代，适应着改变，活出生命的积极乐观……

用一杯水的清澈，去应对一辈子的复杂，这是种舒服的状态。

真正的优秀

文 / [美] 丹 · 克拉克　孙开元 编译

每一种情况，都有适合他的一个特殊的战略。

——安德烈 · 波弗尔

一次，我作为特殊嘉宾参加了电视台举办的现场直播脱口秀节目，在节目开始后，女主持人对我说：“您是一位作家和演讲家，这也让您成了一位有见地的专家。但是谁能肯定您说得对呢？谁赋予您权力告诉我们是非对错呢？”

她给了我一个下马威。不过我发现她提出的问题很尖锐，也很客观。“你说得很对，”我回答，“我和所有人一样，没有权力把自己的价值观强加给别人。从某种意义上来说，很多人会从理想主义的角度来衡量对错，于是在一些小事上争论不休。我非常理解理想和现实的差距，但是我想，对于慈善、宽容、诚实、仁爱、包容、有责任感，以及努力工作、服务这些方面的话题都和我们息息相关，值得我们讨论。”

那次节目只有十分钟左右，但是我的即兴评论似乎平息了她的火气，而且我自己对于一些事情的是非也有了更深的认识。获得了成功的人们也许都渴望做到“优秀”或者“最好”，但是那些出类拔萃者——比如那些能够领导他人或启迪他人者——却能看得更远，做出正确的选择，即使是那条路走起来更为难走。我研究过，也采访过很多在商业、教育、体育和军事领域中极有建树的人物，他们都有一个共同的特点，那就是无论多么艰难，他们都能坚持做正确的事情。而且，有这种精神的人似乎也都是快乐、自信和谦和的。

在经济领域里，你能够获得一些利益；在体育个人单项赛中获奖，或者机智勇敢地获得一次战斗的胜利，能够获得这些成就还不是很难，但是如果你希望自己的成功能给这个世界带来长久的影响，或者让自己成为一个真正的冠军，那么这可就难了，除非你做正确的事情。

我就以美国篮球队的故事来说明“好”和“正确”之间有什么不同之处。美国在 1988 年派的是业余篮球队参加了奥动会比赛，获得了铜牌。后来，国际奥委会修改了参赛规则，允许职业篮球队参加奥运会比赛。自从 1992 年巴塞罗纳奥运会开始，美国就派出了“梦之队”参赛，选手几乎都是 NBA 全明星队员，连续三次摘得了奥运会男篮金牌。但是在 2004 年雅典奥运会中，情况有了出人意料的变化，参赛的还是梦之队，队员也还是 NBA 全明星队员，但是在雅典奥运会中连输三场，最后只获得了一枚铜牌，比以前的奥运会篮球队参赛时输得还惨。《今日美国报》的头条新闻这样写道：“6.8 亿美元买不回来一块金牌。”

在这次失利之后，美国篮球队的领导们改变了他们的策略，把目标定在培养一支懂合作、有素质的球队，而不仅是一群技术高超的散兵。后来，美国篮球队很快振作起来，在 2008 年和 2012 年奥运会上，美国篮球队连获两次冠军，争回了尊严。

他们的成功让我们想起了另一个故事，1980 年，美国曲棍球队以六胜一平的战绩获得了奥运会冠军，而他们在这次大赛前只进行过一次选拔赛。当人们问起主教练赫伯是如何取得这一佳绩时，赫伯说：“我没有选‘技术最佳’的运动员，我选择了 22 名‘正确’的运动员，所以才能击败强大的对手，获得了奥运会金牌。我选择的运动员不仅要能刻苦训练、聪明打球，而且要有一个好品格，能够代表他们的国家。”我想，赫伯所说的“正确”就是一个人的整体素质，他确实做出了正确的选择，于是创造了奇迹。

载于《知识窗》

一个团队或者个人，都有属于自己的一条特殊的道路。就像一把锁，有专门与之搭配的钥匙一样。坚持自己的道路，成功才会降临。

不要仅仅活在当下

文/[美]萨妮·戈德　孙开元 编译

兼听则明，偏信则暗。

——《潜夫论·明暗》

人们在长期的社会生活中总结了很多生活经验，这些经验让我们受益匪浅，少走了许多弯路。但是如今一些研究者发现，人们很多习以为常的经验并非放之四海而皆准，比如下面这些。

1. 直视对方，更有说服力

我们早就听说：直视对方的眼睛，能表达出你的真诚。但是如果你想劝说朋友做某件事，比如探险旅行，不要直视对方为妙。在最近一项研究中，研究者使用目光追踪技术发现，说话时目光注视对方时间最长的人，能说服对方的可能性反而较小，除非是对方早已经认可了说话者的观点。“目光接触能够传递出大不相同的信息，可以是喜欢或感兴趣，也可以是挑战或恐吓”，此次研究的领导人、英国哥伦比亚大学心理学助理教授弗朗西斯·奇恩说。要想预见对方的反应，要考虑听者的身份和你言语中的要旨。在一个友好的氛围中，目光接触能够使双方增进了解。而在一个互相敌视的氛围中，直视对方可能具有挑战意味。

2. 拍照增强记忆

拿着相机拍下照片，把记忆保留下来，这听起来好像无可厚非，但是美国康涅狄州费尔菲尔德大学的一项新研究发现，拍照不但会在当时阻碍你尽情享受本应体验到的快乐，还会在以后削弱你回忆时的印象。在这次研究中，研究者让多位受试者在博物馆里尽可能详细地记下一些指定的物品，拍照或者只是观看，两种方法任选其一。第二天，拍照的那些受试者较少有人能叫出所拍物品的名称，也较少能记住那些物品的细节。费尔菲尔德大学心理学教授琳达·汉克尔说："原因可能是这样的：在按下快门的那一刻，我们就暗示自己'完事大吉，该做下一件事了……'于是大脑就不会再做出可以增强记忆的一些活动。"

3. 多说"我"，显自信

你也许觉得经常把"我"字挂在嘴边的人都很自信。但是得克萨斯大学的一些研究者最近做了一项研究，他们对人们的对话和电子邮件进行分类，发现那些频繁地使用"我"的人，比那些使用这个词频率较低的人更缺少自信。"（我、你、他）之类的代词反映了我们的注意力关注在哪里"，研究者之一、得克萨斯大学心理学教授詹姆斯·彭尼贝克说。喜欢使用"我"的人关注自身，可能是因为自我意识强、不安全感，或者迫切地想得到他人的喜欢。相反，那些自信的人使用频率更多的词是"你"，他们把大部分注意力投向了外部世界，并且希望得到积极的反馈信息。

4. 痴迷于健康饮食

研究者们最近通过对 50 项研究进行分析发现，对"吃什么好"思考太多，会干扰你达到目标。荷兰乌得勒支大学心理学研究者杰西·胡伯兹认为，我们的选择越多，就越有可能偏离自己的目标。“如果一个人过多关注自己以后的饮食和健康，可能对此时的饮食习惯产生干扰，”杰西说，“比如，一个人如果打算晚些时候去健身房，可能就会因为没时间做饭而吃一些垃圾食品。”那么应当怎么办？养成一个你可以轻松实行的良好生活习惯，比如每天早上吃同一种健康早餐，或者下班后步行回家，把好习惯坚持下去，就不必因为考虑太多而分心。

5. 活在当下

传统智慧告诉我们：你不应该留恋过去。但是，英国南安普顿大学的最近一项研究发现，对很久以前的事情有恋旧情结，能够增长一个人对未来的自信。那么，过去和未来在我们的脑海里有着怎样的联系呢？研究者解释说，念旧记忆让我们自己对他人的亲密感更深。念旧记忆可以扩展我们的社交联系，从而增强自信，让我们能更加乐观、自信地生活。打个比方，如果你回忆起了上中学时和同学手拉手溜冰时的快乐，你会对过去的生活有种满足感，从而对现在的自己感觉更好，并且对未来更有信心。

6. 灯光越暗越浪漫

如果你想暗下灯光，以此来增加浪漫气氛，或者增强你的吸引力，那你可能就会浪费一个晚上的大好时光了。加拿大多伦多西北大学的科学家们最近研究发现，开亮灯光可以使任何一种氛围和所有的情绪都得以强化，包括积极的和消极的。研究者安排了一组人参与了一系列测试，包括品尝从淡到浓的鸡翅酱汁的味道、听到从负面到正面的词语后的反应、评价几位女士的魅力等，而进行测试的屋子灯光一次为明亮、一次为昏暗。结果发现，在灯光较明亮的屋子里，人们的味觉更敏感、对词语的反应更强，人们在光线明亮的屋子里对女士们的评价也是更有魅力。其中的科学机制尚未研究清楚，但是多伦多大学研究者说，明亮的灯光可能会对我们的情绪系统产生刺激作用，因为我们本能地感觉明亮意味着热量、热情，从而提高了我们的感受力。

7. 凡事顺其自然

现在很多人推崇一种心理技能：认知重建，也就是重新评价我们对一件事物的看法，从而让我们获得更佳状态。在我们遇到自己难以预见结果的事情时，认知重建大有用武之地。不过，一项新研究发现，当人们遇到可以改变的情况时，再使用认知重建来搪塞，就会使我们更紧张和沮丧。原因何在？美国兰卡斯特大学心理学教授艾里森·特洛伊认为，这是因为认知重建会阻碍一个人采取有效行动纠正出现的问题。想象一下，比如你的人际关系如日中天，部分原因是你的挥金如土。而通过认知重建，你可能会认为自己并没有做错什么，也就难以懂得花钱要量力而行的道理。而如果一个人无论错误大小都能给自己找到借口，则可能会造成积重难返的恶果。

载于《知识窗》

那些习以为常既已成形的生活经验，并不是为了固定这个世界从而形成规则，而是为我们提供了思考生活的切口，让我们有了辨别真伪的能力。勇于探索是对生活的热爱。

等分人生

文 / 李兴海

落日无边江不尽，此身此日更须忙。

——陈师道

犹记得临近大学毕业的那一年，年逾六旬的心理学教授教我们做的那个游戏。

他首先在黑板上画下了一条笔直的长线，然后用指尖将它一一抹断，不紧不慢地在五条短线上写着：“童年，少年，青年，中年，老年。”

台下一片茫然，没有人知道他的目的。

这是最后一节心理课。或许是因为这个教授平日和蔼，又时至别离的缘故，那天竟无一人缺席。

他环视一周后，微笑着问：“有谁愿意上来与我做一个游戏？”

话毕，一个清瘦的男孩走上去了。这是我们年级公认的“花花公子”，家里有钱，人长得也不错。只是不愿安心读书，就连待于此处也仅是为拿一个毕业证罢了。

教授递给他一支白色粉笔，悠然地说：“这五段直线代表的是你的一生。现在请你大体写出，在这五个阶段中，你打算游玩，或是已经游玩掉的时间比例。”

他思索了一会儿，在五条短线上依次写下了：“30%，10%，40%，

15%，5%。”

教授笑笑，问台下的人："你们同意他的答案吗？"台下立刻爆发出一阵热烈的掌声。

的确是啊，童年多趣，我们不知愁苦，整日享乐，虽然时光很短，可游玩掉的时间比例却是很大。

少年之时，我们已开始似懂非懂地琢磨一些道理了，大抵有“为赋新词强说愁”的意味。于是，荒废了许多本该玩耍的时光。

青年即代表着年轻，有谁不打算在自己年轻的时候疯狂一把呢？难不成真要等到老了才来享乐？

中年，我们已成家有室，需要为整个家庭的生活忙碌奔波，自然就没有太多的闲暇欢愉。老年，更不必说，整日忧心忡忡，力不从心，哪儿还有心思玩乐？

教授仍是笑笑，接着递给他另外一支不同颜色的粉笔道："同样的五段直线，请你大体写出，在这五个阶段中，你打算奋斗，或是已经奋斗掉的时间比例。"

他挠挠头，显然很难做出抉择。其实，这个问题对于在座的各位来说，包括我，都是一个难题。

盘算许久后，他一笔一画地依次写下了："0%，5%，15%，40%，40%。"

教授依旧问："你们同意他的答案吗？"台下又是一阵热烈的掌声。

两种不同颜色的数据，赫然呈现在同样的五段直线上。此时，我们才恍然发现这两组数据的截然对比。

教授重新站于讲台中央，郑重其事地向我们说了最后一段话："你们已经完全懂得了如何享乐，并能在有限的人生里，有理有序地将它们规划完毕。"

停顿了一会儿，他指着中间那一段直线严肃地说："可我得提醒一点，你们在享乐最多的时限里，也就是最该奋斗的时限里，已然松懈了。你们学会了把所有的实践一日推一日，累积到后半生去完成，以备更有效地享受青春。可别忘了，诸位，你们的后半生，照样也是你们的人生。”

那一堂课后，无人上去擦黑板。看着两行一白一蓝的数据，久久都不曾有人说话。

载于《时文选粹》

世界上最快而又最慢，最长而又最短，最平凡而又最珍贵，最易被忽视而又最令人后悔的就是时间。我们只有把握时间，才能做到青春无悔。

稀缺心理

文 / [英] 罗希 · 艾福德　小村之恋 编译

我们的生活有这么多的障碍，真有意思，这种逻辑就叫作黑色幽默。

——王小波

我最近计划挤出时间和小儿子玩一天，可是，我还有一篇稿子眼看就到交稿日期了，必须完成。我以为能凑合着把这两件事同时搞定，但是事与愿违。那天，我和儿子去了儿童乐园，还没玩过瘾就赶紧回了家，陪儿子看了会儿电视，又匆匆给他讲了个睡前故事，抽空趴在厨房桌子上发了几封电子邮件，虽然忙得要命，我还因为没能给祖父打个电话或付清账单而自责。

在以前，我觉得自己只不过是没有时间观念而已，但是前些天我看了一本名叫《稀缺》的书，才明白了我不只是忙碌或者做事粗心大意那么简单。按心理学所说，我是陷入了“稀缺心理”的思维方式，也就是老觉得自己缺少什么，唯恐失去机会，结果成了没事忙，因而总感觉时间不够用。

这本书的作者、社会学家艾尔德 · 沙菲尔和桑德希尔 · 穆莱纳桑说，只要我们觉得自己缺少什么，比如食物、金钱，或者时间，就可能会念念不忘，以致让自己的想法发生偏移。它的危害远不止会使人焦虑或紧张。“稀缺心理会占据人的思维，”书中写道，“人的脑子里容易产生一连串强烈的需求感。”

沙菲尔和穆莱纳桑发现，综合各种情况来说，稀缺思维所产生的心理效应大致相同：它会让我们把思维集中于迫切需要（比如我的交稿期限），但是它也有长期的负面效应，一是会让我们忽视其他的重要事情，二是可能让我们在匆忙中做出错误决定。

“比如你在一个雨夜开车，”沙菲尔说，“你专注于前方的道路，小心翼翼地开车。但同时你可能会在很大程度上忽视了其他事情，比如忘了留意车上的仪表盘，或者车上的乘客在说什么。你甚至会忽视了车外的情况，比如在十字路口侧方行驶过来的一辆车。”换句话说，稀缺心理会让人像谚语里说的：“见树不见林。”

沙菲尔说，感觉自己贫穷的人通常会心理不平衡，并且可能仇视比其经济条件好的人。有的人缺钱，有的人缺时间，如果让他们都懂得稀缺心理学，就会在互相之间建立理解的桥梁。

两位作者在书里讲了稀缺心理对我们的生活产生的巨大影响，以及我们如何智慧地利用它。

1. 节食是怎样让你感觉变笨的

你节食减肥进行到第三天了，老想拉开抽屉找零食。你需要给孩子的老师打个电话，但一时忘了她的名字。接着，一位客户来了电话，问你怎么不把电子邮件写得清楚些。不要低估稀缺心理：你一门心思想着吃什么不吃什么，这削弱了你的认知能力。一项测试显示，节食者在网上搜索和美食相关的词时，比搜索其他词语的速度要快得多。

应变力、认知力和控制力来自沙菲尔所说的“思维带宽”，甚至对我们的分析能力、自控力和思考能力都有影响。

2. 为何你存不住钱

简单地说，如果你在拼命存钱，可能会对每一分钱都精打细算。经济拮据的人更善于评估一件东西的价值，也更愿意讨价还价。不过，稀缺心理所带来的一孔之见会干扰一个人的长远计划。“你拿到薪金时，可能疏于计划下个月的事，因为你只想到了眼前的花销。”沙菲尔说。对于缺少金钱的恐慌甚至会影响你的分析能力，在一次测试中，一组学生阅读完一篇假定要求他们支付一大笔钱的账单后，他们在接下来的智商测试中表现差了很多。“只要有一点点稀缺心理，智力就会下降一大截。”两位作者说。

3. 为何寂寞者善于察言观色

在一项阐释照片人物表情的测试中，那些表示有寂寞感的人通常比社交活跃的人会表现出好的洞察力。“你也许会觉得内心寂寞的人会表现得比较差，毕竟有寂寞感似乎意味着不善于与人相处。”沙菲尔和穆莱纳桑写道。但是稀缺心理并不意味着一个人的能力比别人差，事实上，他们在测试中的出色表现让我们知道，这些内心寂寞的人正是在关注着他们特有的稀缺之物——社会交往。

4. 为何面临“最后期限”时你的能力最强

稀缺心理有时确实能全面调动起一个人的热情和能力，这也是许多人经常是在最后一分钟取得成功的原因。“当稀缺感占据了思维，我们做事就会更用心，也更有效率”，沙菲尔和穆莱纳桑写道。由于我们的思想专注于眼前之事，就会减少因为疏忽大意而引发的错误，也能更好地把握住脑子里一闪而过的灵感。但是需要注意的是，那些可以让生活保持平衡的事情——比如我想和儿子玩一天——不会在我们的汲汲追求中出现。

利用以下几个策略，我们就可以趋利避害，让稀缺心理为我们所用。

留一手。当稀缺心理迫使我们把全部视线集中在了一件事上，我们就会对其他的重要事情视而不见。因此我们可以“留一手”，比如安装个电子日历，提醒你重要日期，或者和朋友一起参加健身训练，这样可以确保你不会忘了健身锻炼。

不给眼前诱惑以可乘之机。要是你在节食减肥，老想为吃东西给自己找借口，那就很难让你在家里面对垃圾食品毫不动心。把垃圾食品远远地扔出去，你就不必一次次地在心里纠结了。

让“最后期限”成为自己的朋友。为重要事情定下严格的最后完成期限能促进生产力，说不定还能让你有更多灵感。我们习惯上会对给自己写下的最后期限一再宽容，所以必要时可以请朋友来监督我们，按时完成该做之事。

载于《知识窗》

稀缺心理，在某种程度上是由贪婪和欲望形成的心理障碍。克服稀缺心理，就是克服自身存在的障碍！

第二辑

脸一直向着阳光

我宁愿相信这个世界上真的有从来不说谎的人，但更大的可能性是，他说了九句真话，后面却有一句假话。一种可能是，他无意间冒出了一句谎言；还有一种可能是，他讲了九句真话，目的只是让你相信最后那句谎言。被九句真话层层包裹的那句谎言，往往具有更大的欺骗性，听起来比真话更像真话。我们要小心谎言，尤其要警惕真话掩盖下的那句谎言。

Zui Meiwen

突发灵感

文 / [澳] 海伦 · 塞尼　唐风 编译

灵感，是由于顽强的劳动而获得的奖赏。

——列宾

弗仑是澳大利亚的一位公务员，一直热心于慈善工作。一天，他和几位来自印度的僧人坐在悉尼海滩上闲谈着，一位名叫格德的制片人偶然间看到了这群衣着特殊的僧人。格德刚拍完一部反映僧侣生活的短片，想找人试看一下，于是他灵机一动：这些僧人不正是合适人选吗？

格德邀请弗仑和僧人们看了他的电影纪录片，看完电影，弗仑告诉格德，他一直想去印度，帮助那里的僧人们治疗胃病，格德决定和他一起去印度。格德的纪录片于是获得了更多的关注，也为印度的慈善团体筹集到了更多的资金。弗仑后来说："那里的一些偏僻地区，很多僧人长期患有胃病，没能得到诊治，现在我们用一个星期就把这个问题解决了，如果没有和格德的那次意外相遇，我们绝不会做成这件事。"

自古至今，从一件偶然遇到的事情中获得启发，从而改变生活或获得重大发现的事例不胜枚举。如果牛顿没在苹果树下坐着，也许就不会发现万有引力；如果弗莱明在实验中没出现意外，也许永远不会发明青霉素。

有时候，意外事件不但不是坏事，反而是好机会即将到来的信号。澳大利亚作家阿曼达 · 布拉奇在给一部电视剧写剧本时，构想好了一位侦探的形象，她觉得演员普莱斯顿很适合这一角色，连人物名字都想好了，叫“调查官普莱斯顿”。但是普莱斯顿从没演过这种类型的角色，而且已经和另一家电视台签订了演出合同，两家电视台一直都是竞争激烈，所以阿曼达又觉得不可能请得到他。

一天，她的合作伙伴兹沃在拍摄一部电视片，想用她的房子当一处拍摄景地，阿曼达无法写作，但又不好拒绝，就去了一家咖啡馆。她在咖啡馆里想象着调查官普莱斯顿的台词，仿佛听到普莱斯顿的声音就在大脑里响起，在指引她写作一样。后来她无意间一抬头，竟然发现普莱斯顿真的在咖啡馆，原来他也来这里喝咖啡，而且就坐在旁边的桌子旁。

两个人于是聊了起来，结果普莱斯顿说，他在演出之余还是有时间的，而且对尝试新角色还很有兴趣。“事情就这样有了圆满的结局，真是太出乎我的意料了。”

在另外一些事例中，突发灵感却是从较长时间，甚至是从多少年的艰苦付出中产生。美国普林斯顿化学家下村修就是这样在水母体内发现的绿色荧光蛋白的。

下村修曾经一直在研究水母发光的原因，他发现把水母放在一定 pH 处于一定水平的环境中时，水母就无法再发光，但是在接下来的几个月里，他都没能搞清是什么物质激发了水母的发光功能。

无奈之中，下村修放弃了研究水母，把注意力集中在了试验水箱。水箱里除了有一只蓝色闪光灯，还有一种东西就是海水——是海水激发了水母发光。海水的成分早已为人熟知，下村修马上想到是海水中的钙离子引起了水母体内的化学反应。接下来，下村修进行了一系列研究，由这一发现而发明的荧光显微镜广泛用于医学研究，后来下村修和他的同事获得了诺贝尔化学奖。

我们所有人在生活中可能都有过在偶然中发现机遇的柳暗花明的时刻，有时候我们和一个陌生人偶然相遇，后来和对方建立了深厚的友谊，有时候我们不是靠奔波应聘，而是凭运气就获得了一份新工作，有时候我们无意间听到了别人对话里的一些信息，因而受到启示，发现了新机遇。

但是我们也发现，有些人比别人更善于在偶然中寻找到机遇。他们不但能更好地融入那些风云变幻的环境，也能更快地识别并发掘出千载难逢的良机。

问题来了：我们能否更多地获得那些似乎可遇而不可求的良机呢？

“关键是你要有敏锐的眼光。”伦敦大学的麦克利博士说。麦克利通过调查发现，积极接触新事物、敢冒风险的人更容易遇到机会。

有时候大公司会着意为员工创造多接触的环境。苹果公司的每一间办公室都有一个公共区，从公司 CEO 到邮递员，所有人进出办公室时都必须从公共区经过，扩大了接触。苹果公司就是希望这种跨职位、跨部门的接触能促进员工们的交流并产生更多的创意。

在谷歌公司，员工们有 20% 的自由时间开发新项目，谷歌公司的一些重要举措就是在这 20% 的时间里出炉的。

“人们越来越多地认识到突发灵感能让人思想更活跃、更具创造性，而且能增强适应力、减轻压力。善于捕捉灵感的人不会让不期而遇的机会从眼前消失。”麦克利说。

美国和加拿大的几位学者联合组成的一个研究组创办了一本名叫《突发灵感》的网络杂志，上面刊登了世界各地的一些科学家在实验中获得突破性成果的故事，以供读者们从中学到成功经验。他们的网站上方写着美国生物化学教授兼科幻小说作家阿西莫夫的一句名言：“科学界最令人兴奋的一句话就是‘这太有趣了’！”杂志创办者之一，学者里连说：“多问几个‘怪’问题，我们就能更多地获得突发灵感。”

此外，现代科技也能给我们带来更多获得突发灵感的机会。加拿大记者马修不久前去纽约进行了一次商务旅行，他在纽约街头登录了一个可以跟踪到周围朋友和熟人的手机软件。没用几分钟，他就收到了一位认识他的朋友发来的信息。其实他们仅仅相隔一个楼角，而且早就都盼望着能一起喝咖啡。

有的网站还能帮你在坐飞机之前根据爱好、语言、年龄、性格选择乘机伙伴，当然，虽然科技工具很好用，最好也不要依赖它为我们在生活中包揽一切。

人们的很多奇思妙想都是无心插柳柳成荫——在海滩上散步时、在和一位陌生人闲聊时——正如麦克利所说："你要是想获得更多的突发灵感，就不能整天都是忙忙碌碌。"

从开始研究突发灵感这一课题之日起，麦克利就把自己每天的固定行动日程改成了随机应变的形式，而且特意将每天中一段时间内的计划设为空白。麦克利说："一些意想不到的事情自己就会悠然出现，将这段空白时间填满。"

载于《知识窗》

相遇是美的，邂逅是美的，意外同样也美。但是如果要让这意外的美发生化学效应，产生价值，还需要我们平时一如既往地积累，最后通过灵感来达成愿望！

雪花不怕热

文 / 程骏驰

守其初心，始终不变。

——苏轼

刘秀才金榜题名后，被朝廷任命为地方官员。他一心为民，履职尽责，清正廉洁，被当地老百姓称为清官，深受爱戴。可他却遭到了其他官员的排挤，总有小人告状，仕途非常不顺。

那年秋天，其他官员为了达到挤走他的目的，竟然捏造他虚报粮食收成的谎言报到朝廷。朝廷距离千里，无法核实情况，但鉴于他勤政有功，便贬了他的官到一个闲职上，他万念俱灰，整日愁苦度日。

一晃大半年过去了，他的心情依然没有好转。眼看着老百姓的生活越来越苦，可他根本无能为力。这一天，他想起官场沉浮，不禁悲从中来，既然不能为百姓做事，不如不问人间疾苦，心也就净了，他决定离开世俗，到寺庙出家。

大师问他为何看破红尘，他如实向大师禀告了自己的遭遇。大师听后，点头表示同情。外面寒风呼啸，大师带着他出门，望着落下的一片片雪花突然问他："雪花怕热吗？"他一愣，进而回答说："师父，雪花当然怕热，遇热它就化成水了。"大师听后一笑，对他说："化成水又何妨，不久，它又会升入天空，再遇寒冷的时候又会变成雪花。雪花如人啊！遇到变故是自然的，坚持做原来的自己，无论什么境遇都别灰心，最后还会做回自己。”大师说完，笑着看着他。

他一听，豁然开朗，又回到了那个闲职上。在那里，他依然坚持清正本色，每日读书探索救民之策，不久，朝廷一纸调令，他被重新启用。

载于《演讲与口才》

做事不难，难的是一直坚持做自己。你是否因为一些别人的闲言碎语就停止前进的脚步？是否因为一点微小的挫折就丧失斗志，一蹶不振？我们为什么不能坚持做自己？

什么才是问题的关键

文 / 小程

每个人都有错，但只有愚者才会执迷不悟。

——西塞罗

财主的老婆非常喜欢漂亮衣服，可财主每次买回的衣服她都不满意。没办法，财主发布告示，哪位裁缝能做出让他老婆满意的衣服，他将重赏其人。一时间，许多裁缝前来应征，但没有一个成功。财主不知如何是好，整天愁眉苦脸。

一天，大师到财主家化缘，他老婆正好出门，大师看见了她。财主立即把这几天的事和大师说了，大师一笑，没有言语。

第二天，大师随便在街边找了一个裁缝前去应征，又带了一位化妆师。财主赶忙拿出最好的布料，期望做出漂亮衣服，满足他老婆的爱美之心。大师说保证完成任务。

大师对裁缝叮嘱一番，强调拿出最高水平做一套衣裳，两个时辰后，裁缝便做完了衣服。财主不禁有些疑惑，前些日子来的裁缝，苦思冥想搞设计都不能满足老婆的要求，这两个时辰做出的衣服能行吗？他刚要拿走衣服，却被大师阻止了，大师笑着对财主说：“施主稍等，还不能穿。”说完，他交代化妆师进屋给财主的老婆化妆，并强调一定要发挥最高水平。

一个时辰后，妆化完了，大师命裁缝把衣服交给财主的老婆，众人在外面忐忑地等着。不一会儿，财主的老婆走出了房门，表示对这件衣服非常满意。财主高兴极了，赶忙拿出纹银感谢大师及裁缝和化妆师。

路上，裁缝不解地问大师，他制衣水平实在一般，和那些高手根本比不上，可为什么财主的老婆对他的衣服满意呢？大师笑了，对他说：“一直对衣服不满意的人，从来不肯承认是脸丑的问题。”

裁缝听后，哈哈大笑起来。

载于《演讲与口才学生版》

虚荣是毒药，使人做出错误的决定和判断。勇于否定自己，承认自己的不足并加以改正，我想，会比之前走得更顺利。

弯路走直

文 / 小刚

只有变通，只有切合实际的行动，才能适应这个变化万千的世界。因为天真的理想主义者，纵使执着、纵使顽强，却依然是软弱的！

——石悦

一位秀才想考取功名，为国家效力，但科考屡败，难免心生伤感。于是，他到寺庙里找大师，希望大师点拨人生，大师让他在庙中住下，清静几天，好好思考。

这一天，大师带上秀才还有几个徒弟下山化缘。下山的路蜿蜒陡峭，大师停在路上，问他的徒弟们："徒儿们，你们想一想，如何才能快速到达山下。"徒儿们陷入了沉思。其中一个对大师说："师父，依我看，这下山之路虽然弯曲，但我们一直奔跑，定会很快下山。"他说完看着大师。大师听后点了点头，没有言语。他看向另一位徒弟，这位徒儿想了想，对大师说："师父，我们先跑，跑到山中间有一个村庄，在那里再借老乡一匹马，然后骑马下山势必更快。"小徒弟看着大师，认为自己的回答比刚才那位师兄强，想着大师肯定会表扬他。可大师听后，还是不言语，显然，他对两位徒弟的回答不太满意。他接着又问另一位徒弟，这个小和尚没有着急回答，思考了片刻，然后拍着胸脯对大师说："师父，我知道怎么最快下山！"

大师眼睛一亮，忙问他如何，他摸了摸头，对大师说：“弯路走直！”大师听后拍手称赞，夸这位徒弟悟性高。

大师看向秀才，问秀才对这句话可有感悟？秀才茫然，不知所云。大师靠近他，拍着他的肩膀说：“弯路走直，那说明他在寻找捷径，找到了捷径，那就会很快到达目的地。”秀才听后，立即明白了大师的用意。

第二天，秀才下了山，他终于明白，自己考取功名是为了报国，可他并不是考取功名的料，这些年他一心报国，可却一直在走弯路，他果断地放弃了科考，转而去做生意，后来他的生意越做越大，给朝廷贡献了大量的税银，有力地支持了朝廷，成为了有名的爱国商人。

载于《格言》

人生贵在坚持，却也需要转弯，适时的变通，才不至于让你一头钻进死胡同。正所谓“山重水复疑无路，柳暗花明又一村”。

总会有人比你更努力

文 / 张君燕

当时间的主人，命运的主宰，灵魂的舵手。

——罗斯福

那年高考，发挥失常的我与大学校门擦肩而过。看着贫寒而简陋的小家，听着父母一声声的叹息，我自知原本拮据的家庭已无力再供我去复读，我也不忍心让父母因我而再添几许沧桑。在家里待了几个月后，我终于做出了一个决定：跟着村子里的大人到外地打工去。

然而，来到建筑工地后我才发现，这一切竟比想象中艰难数倍。经过一天高强度的工作，晚上躺在地铺上的我简直疲惫极了，累得连晚饭都不想吃。第二天一早，还在睡梦中的我又被工头叫起来上工，迷迷糊糊的我拖着疲惫的身躯胡乱扒了几口饭，便又开始了一天的工作。一周过后，我不仅变得又黑又瘦，整个人的精神也变得萎靡不振，感觉自己就像一个失去了灵魂的躯壳，麻木地承受着世上所有的苦痛。

终于，在一个加完班的冬夜，不堪重负的我蹲在墙角无声地抽泣起来。我突然觉得自己是世界上最可怜的人，付出了那么多努力，却只能得到那么少的回报。夜已经深了，也许人们都已经进入了梦乡，而我却还在工地上拼命地做着苦力，只为换来月底少得可怜的工资。越想越伤心的我突然感觉有一双手搭在了我的肩膀上，回过头去，同村的李叔正关切地望着我。听了我含泪的述说，李叔却异常平静，他拉起我，淡淡地说："跟我来。"

我默默地跟在李叔身后，慢慢地走出工地，来到了灯火辉煌的繁华大街。这是我第一次走出工地，第一次看到城市繁华的一面。让我没有想到的是，在这个冬日的深夜，竟然还有那么多人在忙碌着。大街上来往的车辆依旧那么匆忙，承载着那些怀揣着梦想来回奔波的人们，人行道旁的小摊位前，摊主们依旧在紧张地忙碌，为吃客们端上一碗碗热气腾腾的馄饨。这些吃客们大多平凡，低头匆匆吃着饭，似乎急着赶往下一个目的地。

"表情疲惫的是刚下班的，精神抖擞的是准备上夜班的，每个人都不容易啊。"李叔感慨道。我站在李叔身旁，认真地看着这些为生活奔波的人们，心里莫名地生出了一丝安慰。"快点吃，吃完我们好回家。"坐在墙角的一位母亲搓着双手对身边的儿子催促着。儿子十五六岁的样子，肩上还背着一把吉他，可能刚从培训班回来。这对母子旁边坐着一个年轻的姑娘，姑娘边吃馄饨边打电话："嗯，方案快做好了，回去再加个班应该差不多。"之前在帮摊主端馄饨的小伙子此刻也在摊位后面坐了下来，他从包里掏出了一本书，聚精会神地看了起来。就着昏暗的路灯，我隐约看到封面上的几个大字《新概念英语》。

一张张陌生的脸在我眼前掠过，在路灯下，他们的眼睛里跳动着异样的光芒。这一幕幕场景突然触动了我的内心，我原以为自己是最辛苦最努力的那一类人，没想到就在离我不远的地方还有这么多更努力的人们。李叔似乎看到了我脸上表情的变化，他对我说："其实，城市是没有真正的夜晚的，等现在这些人散了，很快就又有一拨人出来，早上三四点，打扫卫生的清洁工，卖早点的师傅，早起上班或上学的人们就都开始忙碌了。"是呀，那时我还在睡梦中，可是这些人都已经开始打拼了，也许在我不知道的角落，会有更多的人在默默地努力。他们努力地付出，就是为了将来可以过得更好一点，和他们比起来，我那点单纯的付出又算得了什么呢。

回到工地后，我翻出了从家里带来的课本，这些课本在我的床下静静地躺了好几个月。而现在，我要重新捧起这些课本，在下工后，在上工前，认真地研读。那是一段无比艰苦的日子，那是一段寂寂沉默的时光。那些日子，我拼命地干活，拼命地读书，从不抱怨，也不诉苦，忍受了无法想象的孤独和寂寞，也遭遇了不解的白眼和嘲讽，但我都没有放在心上。我知道自己的这点努力根本不算什么，总会有人比我更努力，我需要做的是让自己努力一点，再努力一点。

而今，坐在明亮办公室里的我，每每回首起那段艰苦却充实的时光，总会生起颇多感慨。不要觉得自己很委屈，不要觉得自己付出了很多，当你的努力没有得到回报时，你要想一想，那是你的努力还不够，总会有人比你更努力，而你需要做的就是更加努力！

载于《微型小说选刊》

年轻时候的伤感，大都流于形式。那些觉得自己坚持不下去的日子，其实是种自我妥协。告诉自己，再努力一点，再努力一点，这是属于自己的独角戏。

九句真话和一句谎言

文 / 孙道荣

有些精灵奉承你，诱哄你，其实它们也只想咬人，而且都是火辣辣的。

——罗曼·罗兰

被朋友拉去听一个关于养生的讲座。主讲人有一串很大的名头，在圈内有不小的影响力。

说实话，我是带着抵触情绪来听的。对类似的讲座，我一向没有好感，认为不过是一种推销术，讲来讲去，其最终目的，无非要推销某个理念，或者某种产品。

这次，听着听着，却入了迷。不得不承认，主讲人讲的都是养生常识，以及容易让人混淆的误区。比如，一段时间十分流行的一个养生之道，每天喝八杯水保健康。主讲人言辞恳切而尖锐地指出，每个人所需要的水分其实并不一样，喝多了不但无益健康，还会造成肾脏的负担。

对诸如此类的养生误区，主讲人一一剖析，言之凿凿，发自肺腑，听讲的众生，不时发出感叹之声。看得出大家显然都被错误的养生之道贻害已久，所幸今天遇到了真正的养生大师，讲的句句是实话，字字乃真言，没有虚夸，没有谎言，坦诚而真切。大家报以热烈的掌声。

主讲人忽然话锋一转，拿出了讲台下的某个产品，开始介绍起特殊的功能。

我猛然惊醒，这才是她要讲的正题啊。而前面所讲的所有的真话、实话，只是一个又一个铺垫。

那场讲座的尾声，是很多人甘愿掏腰包，纷纷抢购其带来的某养生产品。

和朋友探讨主讲人的手腕，很简单，前面讲了九句真话，就为了最后一句谎言。而因为有了九句真话的铺垫，使最后一句谎言，看起来像真话一样诚恳可信。于是，众人被迷惑了，一切水到渠成。

一个谎话连篇的人，很容易就被人识破，戳穿。换句话说，没人会信任一个满口谎言的人。但如果九句真话后，只附了一句谎言呢？情形恐怕就完全不同，人们很容易在前面真话的诱导下放松警惕，而将那句谎言也奉为真话。

看过很多科幻电影，为什么明知是科幻片，很多人看着看着，却信以为真？道理很简单，科幻片的基底，是建立在众多早被验证了的科普知识之上的。前不久看过一部科幻大片《盗梦空间》，故事惊心动魄，引人入胜。我们知道梦是虚幻的，那么，梦境可以被入侵窃取吗？常识告诉我们，这是不可能的。但是，这部电影里面，告诉了我们很多“科学知识”，比如它明确地告诉你，梦是非现实存在的；梦里的 5 分钟，相当于现实中的一个小时；心理学上的研究表明，催眠师很难让被催眠者做出违反他们自身意愿的举动，基于这个科学依据，电影中将思想植入设定为最困难的境界，使人相信它的科学合理性，而不是胡编乱造的无厘头……在合理的“知识”掩护下，盗梦变得似乎不再是遥不可及，而成为一种可能，使现实和虚幻相互交融。

有个同事，自诩从来不讲假话，在我们平素与他的交往中，也确实感受到了这一点，他的实诚，为他赢得了信任和尊重。一次几个人聚在一起打牌，他的妻子忽然打来电话，问他在做什么，他平静地回答，在和领导谈工作。他的妻子相信了。我们都错愕不已，这本是一个无伤大雅的谎言，但这句小小的谎言，却让我们对他开始重新审视，他真的如他所言，从没有对我们说过谎吗？还是我们根本没有识破？

我宁愿相信这个世界上，真的有从来不说谎的人，但更大的可能性是，他说了九句真话，后面却有一句假话。一种可能是，他无意间冒出了一句谎言；还有一种可能是，他讲了九句真话，目的只是让你相信最后那句谎言。被九句真话层层包裹的那句谎言，往往具有更大的欺骗性，听起来比真话更像真话。我们要小心谎言，尤其要警惕真话掩盖下的那句谎言。

载于《微型小说月报》

我们经常会陷入这样的误区，认为一个人不讲谎话，那他就永不会骗人。一个人老是做正确的事，那他就不会犯错。最可怕的不是处心积虑的人，而是冷不防被你最信任的人中伤。

脸一直向着阳光，这样就见不到阴影

文 / 头发乱了

要知道，能在困境中保持自强是多么令人崇敬啊！

——朗费罗

2014 年 10 月 24 日，她在美国新墨西哥州乘坐高空热气球升空，耗费两个多小时抵达大约 4.14 万米高空。停留大约半小时饱览壮丽景色后，她一跃而下，以自由落体状态飞速坠向地面，最高速度达到每小时 1322 千米，超过音速。她在离地大约 5500 米时打开降落伞并安全落地，创造了世界跳伞高度新纪录。

创造纪录的人叫艾伦·尤斯塔莎，是一名 75 岁的老妇人。她 70 岁时，丈夫因公司破产跳楼身亡，子女们也离她而去，一时间，贫穷、疾病和孤独等全部闯进了她的家门。

她只好住进医院，医生对她说，你的病是因心而生，需要长时间的住院治疗才行。可是你又没有钱，你可以选择在医院做一名打扫病人房间的保洁员，以赚取一些医疗费用。

于是每天她手握扫帚开始忙碌，每踏进一间病房，目睹一次他人的病痛与折磨，她内心就豁然开朗一次，因为她觉得自己是所有病人当中情况最好的。慢慢地，她也没有时间担心了。对于她来说，烦恼和担心反而成为了一种奢侈。

两年后，她驱散了心理和生理的病魔，当医院让她出院时，她考虑到出院后的生存问题，就请求医院让她留下来，于是，她就在这个保洁员的位置上又做了三年。因为经常接触病人，对病人的心理很是了解，三年以后，她被院方聘请为心理咨询师。心魔、病魔、孤独离她而去，贫穷也向她挥手告别。

在她 75 岁这年，她用自己的辛苦劳作，获得了约翰霍普金斯医院近一半的股权。为了纪念这个特殊的日子，她参加了由谷歌公司举办的万米跳伞体验活动。

她对前来采访的记者说："昨天的痛，已经承受过了，没有必要反复体验。人生有许多不如意，我们只要把脸一直向着阳光，这样就不会见到阴影。"

载于《做人与处世》

就这样一路走来，越挫越勇，越败越战，造就了坚忍不拔的性格。是的，我们曾经胆小懦弱，可是不经历风雨，怎么见彩虹呢?

看看前方的路

文 / 一路开花

心态若改变，态度跟着改变；态度改变，习惯跟着改变；习惯改变，性格跟着改变；性格改变，人生就跟着改变。

——马斯洛

上大学时，有一个年过七旬的中文教授经常跑到我们艺术系来玩。

老先生姓林，喜欢穿一件黑色的大风衣，他是地道的文科出身，性情并不守旧古板。他喜欢听一些比较流行的歌曲，喜欢跳快三、恰恰、探戈等节奏感强烈的交谊舞。

那时候，学校的多媒体大厅，周一到周五讲座，周六周日用来举办交谊舞会。说是交谊舞会，其实还是有差别的。为了方便彼此交流，舞会慢慢有了一种不成文的规定，周六是学生的天下，周日则是老师的天堂。

林老先生每周六晚上八点都会准时达到舞会现场。这个习惯，在我大学的四年间从来没有改变过。

直到毕业，他都在我播放周六晚上的舞会曲目中途，主动跑来跟我搭讪，渐渐地，我们熟络起来。印象中，他跟我说得最多的一句话就是："小伙子，多放点儿劲爆的音乐嘛！大家都是年轻人。"

他每次跟我提这个建议的时候，我都笑得特别厉害。没想到一个年过七旬的老先生，还会自称年轻人，还会说“劲爆”这个当时非主流词语。

他从不参加周日的教师舞会。我很八卦地问过他到底是什么原因。他满腹牢骚地说:“和那些老头儿、老太婆跳有什么意思？一个个都慢腾腾的，没劲！”

中文系经常给他发这样那样的邀请函，他也从来不去。每次都说很忙，很忙。但只要我们系有文艺晚会之类的节目，他历来都是随传随到。偶尔，你忘了告诉他，他甚至会生气，觉得你是在嫌弃他，不欢迎他。

他最不喜欢别人说他老。记得有一年开学庆典，主持人是个漂亮的小姑娘，特意在他上台发言之前，恭恭敬敬地附了句“下面有请我们学院的老督导林教授……”因为这句话，他不乐意了，接过麦克风就是一句:“我唯一能接受的带‘老’的词语，就只有老师一个。”

毕业之后，我去了青岛啤酒厂工作。工资很低，不过业务提成很可观。周围的很多朋友不是考上了在编的教师，就是加入了省市级公务员的行列。我忙碌了很长时间后，仍然没有一分存款，心里很是着急。

半年后，我主动提出辞职。刚离开没几天，我就后悔了。工作难找不说，一切还得从头开始。奔波大半月，还是毫无头绪。我给他打了电话，想听听他的意见。

那是他第一次一本正经地跟我这般说话:“人生的路上嘛，偶尔总会碰上大雾天气，大雪天气，但实在没什么可怕的。大雾、大雪总是要散去的嘛。经常抬头看看前方的路，清楚自己所处的位置，清楚明天要走的方向，这才是重要的。路途坦荡的时候，不妨小跑一段，碰上荆棘挫折，也别慌乱，放慢脚步，看看沿路的风景也是好的嘛。”

这席话，我在心间记了很多年。我总觉得这才是一个智者真正的豁达情怀——不悲不喜，不惊不惧。得意时，加快脚步，看看前方的路，清楚自己的处境，不骄不躁；失意时，放慢步伐，观赏沿途美景，等待时机，蓄势待发。

载于《特别关注》

人生不满百，常怀千岁忧，昼长苦夜短，何不秉烛游。

就让我们继续与生命的慷慨与繁华相爱，即使岁月以刻薄与荒芜相欺。

退让的智慧

文 / 崔鹤同

淡泊以明志，宁静而致远。

——诸葛亮

严子陵，又名严遵，会稽余姚人。年轻时便很有名，与刘秀同在太学学习。后来刘秀起兵反王莽，他积极拥护。到了光武帝即位，严光便改换了姓名，隐居起来。光武帝想到他的贤能，就下令按照严光的形貌在全国查访他。后来齐地上报说："有一位男子，披着羊皮衣在水边钓鱼。"光武帝怀疑那就是严光，便准备了小车和礼物，派人去请他。请了三次才到，安排在京师护卫军营住下，好生款待。但严光仍怀念闲云野鹤的生活。

一天，光武帝亲自来到严光居住的馆舍，严光睡着不起来。光武帝就进了他的卧室，摸着严光的腹部说："哎呀严子陵，就不能帮着做点事吗？"严光又睡着不讲话，过了好一会儿，才睁开眼睛，看了好一会儿，说："过去唐尧那样显著的品德，巢父许由那样的人听说要授给官职尚且去洗耳朵。读书人本各有志，何以要到强迫人家做官的地步？"光武帝说："严子陵，我竟然不能使你做出让步？"于是便上车，叹息着离开了。

光武帝授予严光谏议大夫的职务，严光不肯屈意接受，把官帽放在府第的墙角就离开了，到富春山过着耕种生活，后人把他垂钓的地方命名为严陵濑。建武十七年，又一次征召他，他没有去，活到 80 岁，无疾而终。

严光甘于寂寞，不事王侯，舍弃别人求之不得的荣华富贵，与自然为伴，过着卑微、清贫而快乐的生活。

南朝齐梁时的陶弘景，小时候很聪明，也很勤奋。四五岁常以芦荻为笔，在灰沙上学写字。十岁看了葛洪的《神仙传》等著作，“昼夜研寻”，深受影响。长大以后，“神仪明秀，朗目清眉”，不到20岁，便做诸王侍读的官，深受梁武帝的赏识。由于志不在官，不久他就向梁武帝辞官回乡。

此后，先是东阳郡守沈约，几次写信邀请他，他都不来；接着，梁武帝屡加礼聘，他也不出山。梁武帝问他：“山中有什么值得你留恋，为什么不出山呢？”陶弘景先写了一首诗，后画了一幅画作为回答。诗为《诏问山中何所有赋诗以答》：“山中何所有，岭上多白云。只可自怡悦，不堪持寄君。”画的内容是：纸上画了两头牛，一头散放水草之间，自由自在；一头锁着金笼头，被人用牛绳牵着，并用牛鞭驱赶。

梁武帝看了诗和画，领会他的用意，就不再强迫他出来做官了。但是皇帝仍很信任他，“国家每有吉凶征讨大事，无不前以咨问”，故当时人称之“山中宰相”。由于王公贵戚，“参候相续”，干扰也很大。后来，他索性在山中建了一幢三层的楼房，“弘景处其上，弟子居其中，宾客至其下”，关门读书，与世无争，最终完成了医药著作《本草经集注》。

陶弘景淡泊名利，志存高远，潜心学问，终有所成，千古留芳。

三国时的阮籍，3岁丧父，家境清苦，勤学而成才。阮籍在政治上本有济世之志，曾登广武城，观楚、汉古战场，慨叹：“时无英雄，使竖子成名！”当时明帝曹叡已亡，由曹爽、司马懿夹辅曹芳，二人明争暗斗，政局十分险恶。曹爽曾召阮籍为参军，他托病辞官归里。正始十年（249年），曹爽被司马懿所杀，司马氏独专朝政。司马氏杀戮异己，被株连者很多。阮籍本来在政治上倾向于曹魏皇室，对司马氏集团怀有不满，但同时又感到世事已不可为，于是他采取不涉是非、明哲保身的态度，或者闭门读书，或者登山临水，或者酣醉不醒，或者缄默不言。

钟会是司马氏的心腹，曾多次探问阮籍对时事的看法，阮籍都用酣醉的办法回避。司马昭本人也曾数次同他谈话，试探他的政见，他总是以发言玄远、口不臧否人物来应付过去，使司马昭不得不说“阮嗣宗至慎”。司马昭还想与阮籍联姻，阮籍竟大醉60天，使事情无法进行。不过在有些情况下，阮籍迫于司马氏的淫威，也不得不应酬敷衍。他接受司马氏授予的官职，先后做过司马氏父子三人的从事中郎，当过散骑常侍、步兵校尉等，因此后人称之为“阮步兵”。他还被迫为司马昭自封晋公、备九锡写过“劝进文”。因此，司马氏对他采取容忍态度，对他放浪佯狂、违背礼法的各种行为不加追究，最后得以终其天年。

以上三人均是谙世事、知进退的高人志士，但三人退让各有其招，也各有其妙。严光的决绝，不拖泥带水，说一不二，百邪不侵；陶弘景的委婉，诗画明志，绵里藏针，意味深长；阮籍的佯狂，半癫半痴，以假乱真，以柔克刚，均洁身自保，殊途同归，各得其所，各有善终，百世留芳。

相比而言，范蠡功成身退时曾规劝文种：“狡兔死，走狗烹；高鸟尽，良弓藏。越王为人，长颈鸟喙，可与共患难，不可与共荣乐，子何不去？”文种不信。有一天，勾践派人给他送来一把剑。文种一看，正是当年夫差叫伍子胥自杀的那把宝剑。文种后悔没听范蠡的话，只好自杀了。可怜文种不明白“敌国灭，谋臣亡”的道理，心存侥幸，执迷不悟，最终导致身首两异。

同样，刘邦坐了天下，曾问韩信：“你觉得我可带兵多少？”韩信：“最多十万。”刘：“那你呢？”韩：“多多益善。”刘：“那我是打不过你？”韩：“不，主公是驾驭将军的人才，不是驾驭士兵的。”话虽如此，但言语之间韩信太狂妄自大，目中无“主”了，已埋下祸根。且后来他又与陈豨谋反，泄密，被吕后和萧何施计，遵循刘邦曾给韩信“三不死”的承诺：见天不死，见地不死，见兵器不死！被用麻袋捆缚，于长乐宫钟室被宫女用削尖的乱竹插死，惨不忍睹，并诛连三族。

对此，司马迁说："……假令韩信学道谦让，不伐己功，不矜其能，则庶几哉，于汉家勋可以比周、召、太公之徒，后世血食矣。不务出此，而天下已集，乃谋畔逆，夷灭宗族，不亦宜乎！"韩信居功自傲，觊觎权势，铤而走险，终遭灭顶之灾。

谦虚谨慎，清心寡欲，激流勇退，远离名利是非，乃不争之争，方能忠以报国，智以保身，逢凶化吉，颐养天年，彪炳史册。这也是退让的最高智慧。

载于《做人与处世》

人生就像是攀登一座高山，越往上走，风力越大，阻碍越多。正所谓高处不胜寒。在适当的时候放弃功名权势，隐身遁世，此乃大智慧也！

第三辑

用幽默挺过艰难的日子

在“暗无天日”的逆境丛林中，存一份憧憬的火种在心中，以卓绝的等待作为法宝与严酷的岁月对峙。不急躁，不气馁，更不放弃，在等待中不懈坚持，在坚持中默默等待，等待阳光的如注，等待机会的到来，身怀不俗志向的巴西坚果树，终于一展身姿之伟岸，创造出生物圈一个个高耸凌云的新传奇！

Zui Meiwen

巴西坚果树的等待

文 / 张云广

只有具备最强的实力，又能忍耐最大压力的人，才能站到顶峰。

——刘墉

巴西坚果树高度可达四五十米，直径接近两米，在植物界素有“雨林巨无霸”的响亮名号。然而，这位“巨无霸”在进入快速生长期之前往往还需要经历一段极其漫长的等待过程，只有那些最具有等待精神和耐性品质的种子或幼苗才有高耸入云的可能。

瓜熟蒂落，当足球般大小的坚果从高高的树冠层上如重磅炮弹一样高速空降到地面上（三秒钟内时速即达 80 公里），很快就会吸引一种叫作刺豚鼠的啮齿类动物前来进行“有偿服务”。

刺豚鼠长着上下各一对坚固且犀利的大门牙，他们是唯一一种有能力破开坚果树果实之坚厚“装甲”，并得以享用其中美味的动物。好在刺豚鼠的一次果腹量有限，果壳内相当一部分种子是能够幸免于难的。

这些“鼠口脱险”的幸运树种，被忘性极差的刺豚鼠作为战备物资，分散地掩埋在母树周围不同的地方，而这些地方也是坚果树新生命萌发之处。但是，于坚果树新生命而言，真正意义上的生存考验才刚刚开始。这里的环境多半是“枝枝相覆盖，叶叶相交通”，来自雨林上方的阳光遭到层层枝叶的拦截，光合作用机制无法有效进行，生长自然也就无从谈起。

不过，坚果树自有其应对困境的办法，那就是等待，即与时间比耐力。令人惊叹的是，这些种子可以在地下沉睡很长时间，有的甚至长达数十年之久；更令人惊叹的是，即使种子破土而出长成幼苗，这些幼苗也可以在茂密的雨林中休眠几十年的时间，所以看上去光阴似乎于此处停止，树苗依然是很久以前的模样。

当附近有树木让出空间，当头顶有灿烂阳光的照耀，坚果树苦苦等待的战略发展机遇期终于来临了！如同奇迹一般，地下的种子接收到阳光的信号迅速发芽挺出，地上的幼苗则会马上终止休眠恢复生长状态。向上，向上，争分夺秒地不断向上，直到有一天长出参天的身材来"一览众树小"。

"时人不识凌云木，直待凌云始道高。"事实上，成才、成器和成功从来都不是一步就能轻松到位的事情，而在此之前的善于等待无疑就是一种拥有强大内心的体现。只有内心强大，生命的火焰才会长明不熄并最终把梦想的天空照亮。

在"暗无天日"的逆境丛林中，存一份憧憬的火种在心中，以卓绝的等待作为法宝与严酷的岁月对峙。不急躁，不气馁，更不放弃，在等待中不懈坚持，在坚持中默默等待，等待阳光的如注，等待机会的到来，身怀不俗志向的巴西坚果树，终于一展身姿之伟岸，创造出生物圈一个个高耸凌云的新传奇！

载于《青年文摘》

等待，是为了更好地苏醒，更好地绽放。那些等待蛰伏的日子，是不断充实自己，丰满自己羽翼的日子。认真把握这些日子，你将华丽蜕变，涅槃重生！

抱怨是一种坏习惯

文 / 林玉椿

人人都抱怨缺乏记忆力，但没有一个人抱怨缺乏健全的思想。

——拉罗什弗科

庙里住着一位大师和他的两位弟子。其中，大弟子是个非常喜欢抱怨的人。

这天晚上，大师亲自下厨，精心炒了几个菜。然后，师徒三人围坐在一起吃饭。

一开桌，大弟子又开始滔滔不绝地抱怨起来，先是抱怨下山的道路崎岖难行，然后抱怨由于天旱要走很远的路去挑水，接着抱怨化缘时常遭别人白眼，再就是抱怨庙里的香火比不得其他大庙的香火旺盛……

大师一言不发，静静地听。等大弟子发完一大通牢骚后，大师突然问："今晚的菜味道如何？"

大弟子一愣，说："我刚才光顾着说话，没留意菜的味道。"

大师又扭头问小弟子："今晚的菜味道如何？"

小弟子摇摇头，说："我刚才光顾着听大师兄说话，也没有注意品尝。"

大师说："那你们现在细细品尝一下。"

两位弟子分别夹了各种菜肴，用心品尝，然后异口同声地说："师父，你今晚做的菜真的非常好吃！”

大师微微一笑，说：“当一个人沉浸在抱怨之中时，就无法品尝到生活中的乐趣。”

载于《演讲与口才·学生版》

抱怨是消耗体力的无益运动。诚然，生活中有许多不如意的事情，比如，交通、饭菜、天气，等等。但抱怨是不起任何作用的，反而让自己身边的人产生消极情绪，这样好吗？所以不妨换种心态，认真体会生活赐予你的一切，我想你会快乐很多。

爆竹人生

文 / 杨张光

使人做自己行为举止的最严厉的评判者的力量是什么？是良心，他成为行为和理智的捍卫者。

——苏霍姆林斯基

40 年前，木易六岁。

那年春节，小村子里格外喜庆，天上烟花闪耀，鞭炮声连连。全家嬉笑热闹，木易也特别高兴。

看着飞上天散落的烟火，木易很是羡慕，那爆竹炸开的七色火花漂亮极了，像童话里天使的裙子……

第二天，木易拿着姥姥给的压岁钱去村头的商店买爆竹，买烟花。

商店的老板是一位年过七旬的老人，慈祥极了，问："小家伙，你买什么？"

木易很开心地大声说："杨爷爷，我想买爆竹玩。"

老板撇下嘴唇做出严肃的样子，郑重其事地警醒木易："小孩子不能玩爆竹，会伤到自己的，听到没？伤到自己就不好了，还要花钱去医院打针。"

木易有点气馁，但怕打针，便转身不再要买。

回去的路上木易看到有人玩鞭炮就对他们说："会伤人的，伤到了要打针，不要玩了。”

40 年后，木易成了一所名牌大学的伦理学教授。

40 年前，我六岁。

那年春节，小村子里格外喜庆，天上烟花闪耀，鞭炮声连连。全家嬉笑欢快，我也特别高兴。

看着飞上天散落的烟火，我很是羡慕，那爆竹炸开的七色火花漂亮极了，像童话里天使的裙子……

第二天，我拿着姥姥给的压岁钱去村头的商店买爆竹，买烟花。

商店的老板是一位年轻的阿姨，漂亮极了，问：“小东西，你买什么？”

我很开心地大声说：“李阿姨，我想买爆竹玩。”

老板扬起嘴角微笑着拿出一条包装精美的东西对我细细介绍：“这个爆竹最好了，能发出笛子的声音，特别好听，特别好玩。炸开的烟火五颜六色，像极了我衣服上的绣花，你看，美不美呀？”

当天，我炸伤了我的右眼，拖着满脸是血的身子到医院做手术。最后救回了命，但少了只眼睛。父母在我的病床前哭得昏天黑地。

40 年后，我还没有媳妇儿，成了村里年纪最大的光棍儿。

载于《文苑》

孩子是祖国的花朵，是正要茁壮成长的树苗，我们应给予正确的引导和教育，而不是为了自己的一己私利毁了一个人。因为孩子是没有明辨力的。

占便宜其实是个套

文 / 高小宝

世界上没有便宜的事，谁想占便宜谁就会吃亏。

——徐特立

有一个人去街上买布料，布料 68 元，他给了商家 100 元，理应找回 32 元，但不知商家大意还是眼拙，竟错把一张 50 元当 10 元找给了他，那人暗喜，接过钱也没声张，赶紧离开了。路上他去买肉，可是当他把那张 50 元给卖肉的时，对方立刻拉下脸来："师傅啊，这张是假币，你给我换一张。"假币？那人一愣，不会吧！刚才卖布料的找我的，卖肉的同情地对他说："你被人骗了，他给你的是假币！"岂有此理！那人气得脸都变绿了："不行，我得去找他。"

他气势汹汹来到卖布料那里，"啪"地把假币往柜台上一拍，愤怒地说："你怎么能坑人呢？这张钱是假的，你给我换了。"围观的群众窃窃私语。岂料，卖布料的不气不恼，哂笑道："这位师傅，你先别着急，有事咱们慢慢说。"那人脖子一梗："我买了你 68 块钱布料，给了你 100 块钱，你找给我的这 50 块钱是假的！"他话刚说完，卖布料的不乐意了："师傅，这话可不能随便说，你买了我 68 块钱布料，给了我 100，我应该找你 32，怎么能把 50 块钱假币找你呢？你让大家给咱评评理。"是啊，这个账谁不会算，到底怎么回事？围观的群众向那人投去鄙夷的目光。那人自知理亏，却哑巴吃黄莲有苦说不出，憋得他满脸通红，本是来兴师问罪的，反倒让人家抓了把柄，他只好打掉牙往肚里咽，悻悻地走了。

他便宜没占成，自己吃亏不说，还坏了名誉、惹了一肚子气。

还有一个小伙子在路上无意捡到一张手机卡，他把这张卡装进电脑的无线卡槽，发现竟能上网，小伙子欣喜万分。然而让他高兴的事还在后面，一般手机卡上网要预存话费，一旦欠费自动停机，可他捡到的这张卡，一连用了几个月都没停，小伙子自以为这是电信公司的一个漏洞，便索性放开上网，用得不亦乐乎。不料，7 个月后，他被警察“请到”了派出所，原来，他捡到的手机卡是一家公司的，这家公司交费时发现这张卡账户使用异常，一核查，才发现卡原来丢失了，随即报警。

小伙子如实交代了事情经过，面对丢卡公司坚持让他支付 20 多万元的上网费用及警方要追究的刑事责任，他欲哭无泪，后悔不迭。后来，虽然在律师据理力争下，小伙子免除了刑事追究，并且根据电信公司相关条款、合同规定以及其工作上的失职失察之责，按照每月 500 元的标准进行了支付，让事情落下帷幕，但由此事带给他的不幸后果却依然蔓延。小伙子的老母亲因担惊受怕，胃病转化成了胃癌；小伙子也因此成为当地“喜欢占便宜”的名人，出去谈业务，别人总是委婉回绝；他所在的公司因人品问题和他解除了合约；以前和他准备合伙做生意的人，撤资悄然离去……

什么叫得不偿失？什么叫追悔莫及？什么叫“贪小便宜吃大亏”？我想，怕是没有人比这个小伙子有更痛彻心扉的领悟吧！

但偏偏生活中爱占便宜的人随处可见，而且很多人大事小事不占点便宜心里就很不舒服。我二姨是个卖菜的，她的顾客中就有这么一个人，这人每次来买菜，走的时候，总是顺手要么拿几个蒜瓣，要么扯几根小葱。我看不惯，二姨却轻描淡写：“让他拿吧，没事。说他几句，不但会令他没面子，还说不定他以后不来我这儿买了。”我没好气：“不来拉倒，谁稀罕。”二姨笑了：“做生意图的是人气，别看他拿走了几颗蒜瓣几根葱，俗话说‘买的没有卖的精’，你当他在我这儿占了便宜？放心吧，我不吃亏。”说着，二姨朝我眨了眨眼睛。

我愣了愣，虽然不太明白二姨眨眼睛的含义，但她一定有她的“经营”手段。世上的事，讲究公平二字，你占了别人便宜，别人心里能舒服吗？况且谁的便宜也不是好占的，很多时候，你认为你占到了便宜，也只是因为你看到的是表象而非本质。

其实，细细想来，占便宜说到底也不是什么好事，顾盼四周，大概还没有人因为占便宜而发家致富、飞黄腾达吧！但因为占便宜身败名裂、得不偿失的人却是大有人在。可现实往往是，一旦有便宜可占，一个个趋之若鹜，眉开眼笑，从来不去想占到的便宜有可能是洪水猛兽，引火上身，这恐怕是人性固有的劣根吧！“吃一堑，长一智”这话被很多人奉为警世恒言，可要是放到“占便宜”这里，有多少人追悔莫及，就有多少人前仆后继，但凡之前没有过剜肉削骨般的重创，稍微遇到点儿诱惑，多半还是会重蹈覆辙。

如果有个人对我说“某一天，当幸运突然降临在你身上时，你先别高兴太早，首先要保持冷静、理智、克制”，我一定会对这个人心生好感并刮目相看。

载于《做人与处世》

一切恶果皆起于贪念。天下没有免费的午餐，上当受骗的都是企图不劳而获的人，但是你想，怎么可能有那么好的事呢？

性格不决定人缘好坏

文 / 金珠

勿以恶小而为之，勿以善小而不为。惟贤惟德，能服于人。

——刘备

前些日子，接到一位学生鼓足勇气打来的电话，他向我诉说了他的苦恼。他说："我自己性格内向，不善言辞，与人交往不得方法，都说人缘的好坏能决定一个人成就的大小。我真担心工作后不能拥有良好的人际关系，成为一个不受大家欢迎的人。我想，他的苦恼，很多性格内向的人都有。确实，性格外向的人在人际交往中显得很有优势，但这并不意味着性格内向的人就没有好人缘了。

我孩子所在的工厂有个焊工周师傅，他性格内向，不爱讲话，手艺却是一级棒。下班时，经常有人推着自行车来请周师傅焊接缺损断裂的零部件。他也曾经帮我焊接过东西，周师傅从来不急不火，一丝不苟，让每个人满意离开，并没有因为自己急着下班而马虎、懈怠。虽然焊工是配合工种，可周师傅年年获选先进。我孩子跟着周师傅学技术，进步很慢。有人说周师傅不想把真本事传人，周师傅也不辩解。后来，在他的细心调教下，孩子荣获厂里"金牌"焊工，很多人要拜周师傅为师，他翻来覆去就一句话："只要自己肯下功夫，各个能成才。"

去年，周师傅生病住院，看望的人络绎不绝，不仅有厂里的人，还有像我这样的职工家属。

周师傅性格内向，可他默默无闻，一副热心肠，面对误解不与人争，坚持事实说话，他沉默却不冷漠，寡言却不寡情，一举一动彰显着高贵的品质，吟唱着无声的赞歌，像他这样的人，怎么可能不赢得别人的敬重和爱戴呢？

和周师傅一样，在我们小区当了十几年门卫的李大爷，居民无人不记得他的好，接收快递、帮忙看东西……每一次，李大爷都是一个字“行”，不多说一句话。他性格很内向，进小区，我们常跟他打招呼，他也多是点头致意，惜字如金。平时，自己捧本书，戴上老花镜阅读，很少与人交谈。一次，我半夜醉醺醺地回来栽倒在大门口，李大爷把我背回了家。第二天，我又回来晚了，喊开门连自己都觉得不好意思，李大爷看到了，默默地给我开门，就简单三个字“回来了”，便再也没说什么。上个月，看车棚的师傅辞职回家了，以前他和李大爷搭伙做饭，他一走，李大爷吃饭就成了问题。一天中午，我家包饺子，便想到给李大爷送一碗，等我到了传达室，嗬，桌上摆着十几个碗。李大爷告诉我，这些都是大家送来的！

大家为什么会记着李大爷，是因为平时麻烦他的事实在太多了。像李大爷这样沉默寡言、性格内向，但天性善良、乐于助人的人有很多。这样的人谁不喜欢，谁不愿意结交？做好事当好人，坚持默默付出远胜于偶尔大张旗鼓，没有人会对别人的帮助无动于衷，而人缘就是在这样一点一滴付出中积累起来的。像周师傅、李大爷这样的人在我们身边很多，普普通通，却让人感到亲切，值得信赖。

热心肠是赢得好人缘的前提，一个人的素养也很重要。我们单位以前有个叫黄华的人，性格内向，领导主动牵线，让他追求同事李丽。可李丽觉得不合适就拒绝了。黄华觉得没面子在单位待下去，便辞职下海了。几年后，赚了不少钱的黄华娶了一个年轻貌美的妻子。前不久，黄华开着豪车、带上美丽的妻子来到我们单位，特意在李丽办公室转了一圈，明眼人都看出他是有意来显摆，要找回自己当初丢失的面子。我和几位同事当初和黄华接触不多，但印象中他至少还算是谦谦君子。然而，经此一事，完全颠覆了我们对他的那点好感，受到大家的一致唾弃和鄙夷。

人际交往中，你话多话少没关系，性格内向外向也无关紧要，关键是看你品质如何，在我看来，一个人只要乐于助人，为人一副热心肠，不损人利己，懂得宽容与谅解，内心阳光正义，就能拥有好人缘。

载于《演讲与口才》

不是善于交际的人就有很多朋友，也不是沉默寡言的人就缺乏朋友。这显然是错误的，其中的关键在于你的性格是否成为你的闪光点，并以此聚集一批朋友跟随。

你注意到“门后”的人了吗

文 / 高然

修养的花儿在寂静中开过去了，成功的果子便要在光明里结实。

——冰心

我上大学期间，寝室的一个室友有个习惯，每次从外面回来，就招呼都不打直接重重推开房门，有时门后有人，被突然推开的房门撞得可是不轻，往往不是受伤，就是受到不小的惊吓，他却不以为意，还一副幸灾乐祸的样子。门后没人的时候，房门就“咚”地一声撞到墙上，不但造出很大的声响，时间久了，墙上也被撞出一个坑来。私下，我们对他意见很大，潜意识开始排斥他，这样越发显得他不合群。

有他这面镜子，我时常提醒自己，在公共场合、集体环境一定要注意自己的一言一行，尽可能让自己礼貌优雅些，如若不然，不但会给别人留下不好的印象，也可能会伤害到别人。所以在整个大学期间，我一直表现得温文尔雅、礼让谦和，也因此结交了不少朋友。

然而，参加工作后，我又经历了一件事，对自己以前的认识再次提升了一个层次。那次是在午休时间，我和同事们在看电视，电视上播放着一则审判贪官的新闻画面，大家正看得聚精会神，突然有位同事愤愤地说:“我看应该把这些贪官都拉出去毙了，留着也是祸害人！”他这话刚说完，坐在沙发上的张姐就起身低着头走了出去。我们这才想起，张姐的老公去年因贪污事发，身陷囹圄，大家一时面面相觑，原本欢快的气氛也变得尴尬起来。刚才说话的那位同事，脸上一片通红。张姐平时工作积极，待人和蔼可亲，人缘极好，她老公出事，与她半点关系也没有，可人家是夫妻，家里出事，她心里一直担心别人说三道四，说这样的话无异于给她伤口上撒盐，不管是无心还是有意，都是对她心灵的一种伤害和不尊重。事后，那位同事自责不已。

门板撞到人的身上，顶多会造成一些皮外伤和疼痛，过段时间，伤愈痛消，也许便会就此遗忘，但人的心灵受到伤害，就好比瓷器上裂开的口子，无论用怎样高明的修补手法，都会留下一道抹不去的印记。行为的粗鲁伤到的是人的身体，语言的不合时宜刺痛的却是人的心灵，可生活中偏偏就有一些人，把不拘小节当豪爽，把口无遮拦当直率，得意忘形、夸夸其谈时不分场合，不顾及他人感受，不注意自己的言行，轻易就对别人造成了不经意的伤害，也让他们自己在人际交往中受到越来越多人的鄙夷和冷落。

载于《演讲与口才》(学生版)

群处守口，独处守心。无论在任何场合，我们都要顾及到别人的感受，以别人舒服的姿态存在于其中。给别人方便，也给自己赢得尊重。

在失意的人面前不得意

文/高楚歌

对于我来说，生命的意义在于设身处地替人着想，忧他人之忧，乐他人之乐。

——爱因斯坦

父亲生病住进了医院，和他一个病房住的是个六十多岁的老头儿，因为我们是当地人，前来探望的亲戚朋友络绎不绝。临床的老头儿来自外地，只有老伴每天陪护照顾，与我们这边的“热闹”形成鲜明对比。

一天，老头儿和老伴出去散步，父亲让我给他编发这样一条短信：“各位亲朋好友，我已病愈出院，请勿再来看望。感谢大家对我这段时间以来的关心和问候。”看着躺在病床上的父亲，我十分不解，父亲笑着解释道：“这几天来看我的人很多，因为他们都在当地，看我一趟很容易，可临床的这位病友，亲戚朋友来一趟不方便，人相对就少些。对于病人来说，这或多或少是一种失落，咱们的热闹对对方也许是一种无形的刺激。再有就是病房里需要安静，咱们每天人来人往闹哄哄的，既影响别人休息、容易引起反感，也是对别人的不尊重。”

听了父亲的话我恍然大悟，更为父亲的细腻和为他人着想的善良所打动。人生病了，能有人来看望，是对病人最好的心灵安慰，可父亲为了照顾别人的感受，宁愿用谎言的方式来阻止对他人的刺激和影响，让听到这番话的人怎能不心生感动、温暖和敬意。

这就让我想到，生活中，常见那些春风得意、功成名就的人在人前炫耀，无比威风，不注意礼节和场合，随心所欲，妄自尊大，让很多普通的人自惭形秽，更让受到失败打击的人难堪羞愧。他们以为这样能凸显自己的能力和优越，赢得别人的尊敬和称赞，殊不知这样的高调和张扬，反而让人反感和鄙夷。而只有那些成功后仍然谦虚低调、巅峰时平和如常，对遭遇失败的人不冷嘲热讽，在失落的人面前不得意张狂，说话行事在意别人的心境和感受的人，更能让人打心里佩服、爱戴和敬重。

载于《演讲与口才》

凡是能站在别人的角度为他人着想，这个人就是慈悲的。要学会想别人所想，善于站在别人的角度考虑问题，让别人感受到温暖，他会感激你！

杂草锄不净

文 / 程骏驰

水之积也不厚，则其负大舟也无力。

——庄子

古时一位官员无故被罢官，回到家乡怎么也想不通，心乱如麻。他每天控制自己不去想这些事，可这件事却无时无刻不在影响着他。

一天，他遇见了大师，便向大师诉说心中的苦闷，问大师怎样才能解脱出来，不去想那些烦心的事。

大师看向远处，一位老农正在杂草丛生的荒地里开荒，大师便问官员如何种这块地。官员看了看这片地，满是杂草，他便对大师说："大师，种地先锄草，我肯定先要把这里的草锄干净，然后再种植。"大师不语，上前和老农耳语了一阵，老农便把这块地交给官员种菜。

过了一段时间，大师又来这里，看见官员还在拔草，便问他说："施主，地已交给你几天了，可怎么还没有种菜呢？"官员立即对大师说："大师不知，我本想早早种菜，可这里的草锄了又长，就是锄不干净，怎么种菜呢？"大师不语，找来老农，让老农种菜。

几天后，大师带着官员又重新回到这里，菜已经发出芽来，官员很吃惊，问老农是怎么锄草的，菜长得这么快。老农一笑，对他说："先种上菜再说。""草不净，何以种菜呢？"官员立即问。老农一笑，对他说："你先种上菜，菜长起来了，就没有草长的地方了，草没那么多了，就好锄了，每天下地里找一找，草就会被锄得很干净了。”官员听后不禁感慨万千。大师笑着补充说：“杂草永远锄不净，不如先种上菜把杂草的地方占了再说。”

官员顿悟。回到家后，他不再去想官场上的那些事，每天把时间排得满满的，潜心苦读，为乡亲邻里办实事，日子过得非常充实，不久后，他的才华再次引起朝廷的关注，重新得到重用。

载于《特别关注》

工欲善其事，必先利其器。只要不断充实自己，壮大自己，那些流言碎语，那些困难将不攻自破！

用幽默挺过艰难的日子

文/庞启帆 编译

幽默可以说是能给人以微妙感的调剂生活的作料。由于某种轻巧的幽默，就可以使当时的气氛为之改观，使陷于僵局的悬案豁然解决。

——[日]大平正芳

1985年5月的一天，美国牧师大卫·雅各布在从家去往医院的路上被恐怖分子绑架。恐怖分子把他与另一名被绑架的牧师劳伦斯·马丁·简斯一同秘密地运送出美国，关押在黎巴嫩首都贝鲁特的一个秘密地点。大卫·雅各布原以为很快就会被释放，但是，美国方面没有满足恐怖分子的要求，恐怖分子拒绝放人。在一次次谈判失败后，雅各布意识到可能还要等待一段漫长的时间，他把他的想法告诉了简斯。“我的妻子、儿子和女儿都在等着我回家，你的家人也在等着你平安出去与他们团聚，我们自己可不能先垮掉啊！”他对简斯说道。

两人决定通过幽默来保持自己的神志正常，并挖空心思寻觅积极的东西。今天没人被打落牙齿，他们互相称赞对方的牙齿够坚固；明天他们的饭里面有几块无肉的鸡骨头，他们笑道：“哟，小鸡光临我们的饭碗了。”甚至恐怖分子随口的许诺，他们也假装高兴不已。

他们还戏耍恐怖分子。有一天晚上，看守他们的恐怖分子问他们需要什么。他们知道恐怖分子的询问纯属假仁假义，因为连一些最简单的要求他们也很少能得到满足。于是，雅各布大声回答："请给我们准备一架直飞美国的飞机。"说完，他和简斯哈哈大笑起来。恐怖分子耸耸肩，无趣地走开了。

1986年11月，在被关押了17个月后，大卫·雅各布终于被恐怖分子释放；劳伦斯·马丁·简斯则在一个月后才被释放。到机场迎接他的人们原以为，雅各布被关押了这么久，整个人肯定会很颓废。但是，当雅各布走下飞机，人们看到他依然精神饱满。面对大家的惊讶，雅各布微笑着说道："是幽默使我挺过了这段艰难的日子。"

相信我们很多人面对的问题比大卫·雅各布那17个月的处境要轻松得多，但事实往往是这样：碰到一点小问题就烦恼不已。为什么要这样呢？当你工作不顺畅或是产生了家庭矛盾时，试着往积极的方面想想。某件事成功了或者是问题得到解决了，也用幽默的方式来庆祝。

载于《知识窗》

每一个艰难的日子，都是一个盛大的节日，生命从而走向无限可能。乐观的人欣然接受，坚强面对。悲观的人不知所措，自取灭亡。在艰难的日子里笑出声来，你能做到吗？

不要排斥不同性格的人

文 / 李瑞

性格是一个人看不见的本质。

——柏格森

黄渤和管虎合作了《杀生》《斗牛》等多部经典电影，拥有十几年的友谊。可是，他俩第一次合作《上车，走吧》时，却差点儿错过了彼此。

当初，黄渤是经朋友介绍来到剧组的。但他第一次出现在管虎的面前时，管虎吓了一大跳。因为黄渤“穿得西装革履的，跟傻子似的。还弄一个海报，80 年代卖磁带的那种海报，油光水滑的，像个香港二流子”。而这些还不是平实朴素的管虎最受不了的，最让管虎受不了的是黄渤没把电影放在眼里。话里话外，都透露出拍电影就是为了玩。

当时，管虎的助手直接就想让黄渤回家了，但碍于朋友的面子，管虎还是让黄渤试了一段戏。令管虎没有想到的是，眼前这个让自己很是不喜欢的小伙子，演起戏来竟然有模有样，大有让人眼前一亮的感觉。于是，管虎便决定留下黄渤。

管虎的助手惊讶地问道：“这么不靠谱儿的人，我们还让他跟我们一起拍？”

管虎说：“他给我的印象确实不咋样，我也不喜欢他的性格。但是一码归一码，不能因为我不喜欢他的性格，就否定了他的才能。性格可以磨合，才华却是强求不得的。我不能因为我个人的好恶，就排斥接受不同性格的人一起做事。”

就这样，管虎留下了黄渤，一起拍摄了电影《上车，走吧》。经过相处，管虎才发现黄渤并非表面上那样没有正经，他做起事来异常认真刻苦。之后，两人的关系也就越来越好了。

现实当中，我们遇到性格跟我们不一样的人，往往就会排斥他们，不想与他们交往，殊不知，这样做的结果只会让自己错过结交朋友的机会。如果我们像管虎一样，学会接纳跟我们性格不一样的人，然后慢慢磨合，多点包容和理解，相信你会慢慢发现对方也有很多闪光点。

载于《演讲与口才》

每个人的性格都是独一无二的，就像是世上没有相同的两片叶子一样。放下姿态，去感受出现在你身边的每个人。他们都有可能成为你生命中重要的人。

“瘦鹅”启示

文 / 纳兰泽芸

这不是有没有饭吃的问题，而是我心中有一团火在燃烧着，这一团永不服输的火在身体内作怪的缘故。

——原一平

大约 10 年前，一位“80 后”的年轻人在一次偶然的机会里，知道了台塑大王王永庆与一群瘦鹅的故事，知道了王永庆的“瘦鹅精神”。他没想到瘦鹅精神竟对他产生了极大影响，让他此后的 10 年人生冰火两重天。

抗日战争期间，粮食缺乏，因此鹅饲料也极度匮乏。许多养鹅户只得让鹅到野外吃野草，鹅都饿得骨瘦如柴，养鹅户都想把这些鹅转手卖掉，以减少损失。可是这种情况下，怎么会有人买鹅呢？

没想到王永庆却买下了许多鹅。人们都说他疯了，没有饲料，这些鹅买回来还不是饿肚子？可王永庆毕竟是王永庆，他用一种人们想不到的东西来喂鹅，那就是包心菜的老茎老叶。这些都是人们不要的东西，而且这东西纤维粗，鹅吃了不好消化，所以就没有人想到用它喂鹅。但王永庆却认为瘦鹅在备受饥鹅折磨之后，具有强韧的生命力，不但胃口奇佳，且消化能力极强，只要有食物吃，它们会很快肥壮起来。他将大量的老茎老叶配上极少量饲料喂鹅，果然，经过几个月的用心喂养，那些两斤来重的瘦鹅竟长到了六七斤。

事后王永庆说："任何人在失意之时，要像瘦鹅一样忍饥耐饿，锻炼自己的忍耐力，只要没饿死，一旦机会来临，就会像瘦鹅一样迅速地强壮起来。"

王永庆这句话，那位"80后"年轻人牢记了十多年，他说，在我最艰难最失意的时候，"瘦鹅精神"像一盏指路明灯鼓舞了我，让我冲破黑暗，迎来人生的万顷朝晖。

10年前，他茫然无措，一文不名；10年后，他在万众瞩目的演讲台上挥斥方遒。10年前，他50多天找不到活儿，衣食无着落；10年后，他成为中国培训业颇具影响力的企业核心领导人。10年前，他在刺骨寒风里摆地摊卖书被城管追得面如土色，到今天他成为多本畅销书作者。10年前，他从早上8点干到晚上9点，一天只有5元钱收入；10年后，他资产过亿……

他叫成杰，在教育培训界具有"演说培训王子"的称号。他的10年魔术般的人生轨迹，让许许多多年轻人深受启迪。

1982年，成杰出生在四川凉山彝族自治州的一个偏僻小山村。蜀道之难，难于上青天，大山将他的家乡几乎与世隔绝。父母都是土里刨食的憨厚农民，在成杰的记忆里，父母总是天蒙蒙亮就带点干粮下地干活，一直到晚上八九点才回来，遇到农忙竟要干到晚上十一二点才回家。

即使如此辛苦劳作，家里仍是一贫如洗，老鼠来了都会失望。

童年的成杰体质很弱，经常生病，最令父母揪心的是他的头疼病，一发作起来就直撞墙。村里医疗条件落后，治不了，父母只好背着他艰难地爬几十千米崎岖的山路，才到大路上搭车去城镇上的医院。小小的他看着黑瘦的父母，心里就暗暗立志，有朝一日一定要通过自己的努力让辛苦的父母过上好日子。

9岁的城市孩子，可能还依偎在父母怀里撒娇，可是9岁的成杰已经开始"做生意"了。每到六七月份，湿润的山里就会长出许多蘑菇，9岁的成杰就趁着暑假爬到山上采蘑菇，积攒起来，再走几十千米山路拿到城里卖。

12岁时，他发现村里许多人家因为农忙，采来蘑菇没时间去城里卖，他就想何不把村里人采的蘑菇集中收上来，一起拿到城里卖。当然，他不会白跑腿，他在城里卖的价钱会比收上来的价钱高个一毛两毛。

为了把蘑菇卖个好价钱，他甚至从小地摊上买来一本《销售技巧》来琢磨顾客的心理。那一年暑假结束，他竟然靠倒卖蘑菇挣了整整500元！这在当时是个非常大的数字，12岁的成杰不仅将兄弟姐妹的学费都解决了，还剩余了不少钱给父母。

卖蘑菇是他人生的第一份“工作”，是他接触社会的开端。这件事不仅仅是挣到了钱，提升了他的社会经验，更重要的是让他明白了一个惊讶的事实，那就是：一个人的成功绝对不会仅仅依赖于他的学识和专业技能，更多的要取决于他是否善于为人处世、善于表达，是否能够推销自己、领导他人。

1999年，成杰17岁，刚读初中。那一年，父亲生病了，家里陡然少了一个主要劳动力，家里的经济状况也不能让他继续上学。他含着泪水主动辍学了，他要代替父亲成为家里主要劳动力。

他开始了没日没夜地在田间地头劳作，酷烈的日头将他的皮肤晒得黝黑。白天，他埋着头默默地扛锹挥锄，与农田里许许多多的村里人一样汗湿衣裳。然而夜深人静的时候，他常常睡不着，他问自己：这就是我一辈子的生活吗？我才17岁，难道这就是我的人生吗？

两年后，他19岁了，父亲的病也好了很多。2001年2月16日，春节刚过，他说服了父亲，告别亲人和家乡，怀揣梦想远行。经过十多个小时的颠簸，终于到达了绵阳，投奔一个同乡老友。他以为，脚下的未来之路会像画卷一样展开。

然而，现实却给他重重一击。没有学历，没有背景，没有资金……

几乎什么也没有的他，在长达两个月的时间里没有找到事做，老乡能力有限，也帮不上什么忙。最后，只能流落街头。

生存，成了最大的问题。流浪在热闹的街头，他的内心却无比落寞与苍凉。有时他的心里会出现这样的声音："还是回老家算了吧。"但同时被另一个声音很快压倒："不，我不能回去，为了我心中的梦想，为了对父母的承诺，所有的苦和累我都能承受。"

成杰在社会上摸爬滚打一番后悟出一个道理：要成功，就必须要学习，必须"投资在脖子以上的部分"。投资其他都会有风险，唯一投资知识是任何人也拿不走的。可是自从辍学，他真的没有时间也没有钱去专门学习，怎么办呢？他想到一个既可糊口又接触知识的办法：白天去当报童卖报纸，晚上摆地摊卖书。

他每天早上 7 点半到报社领报纸，然后穿梭于大街小巷售卖，3 毛钱从报社批发来，5 毛钱卖出去，赚 2 毛钱差价。一开始他不好意思放开喉咙叫卖，结果常常剩下一摞报纸拿回去自己看。

他发现有一个地方书特别便宜，他想先买一点拿到绵阳高新开发区去卖，那里的人素质不错，应该卖得掉。可是手里没有本钱，他硬着头皮向家里要点钱，父亲将家里的 400 斤大米卖掉给他凑了 350 元钱。

晚上他边摆地摊卖书边看书，虽然寒风如刀，但他心里却是暖烘烘的，一本本书就像一簇簇小小的火苗温暖着他。他常常看书看得入了迷，直到城管来了也没有察觉，旁边摆摊的人大喊提醒他："猫来啦！"他才猛然醒悟过来，兜起地上的书跑得面无人色。

可是他一个月的努力才卖出 307 份报纸，得到 61.4 元钱，这些钱连交房租都不够。再这样下去，就要被房东赶出门了。

为了多挣几个钱，他又找到一个"卖苦力"的活儿，在似火烈日中安装空调。那时候，他常常想到白居易的《卖炭翁》："可怜身上衣正单，心忧炭贱愿天寒。"他们空调安装工也是，虽然越热越辛苦，但他们还是希望天热。天气越热，空调卖得越好，他们的活儿就越多，挣钱也越多。那时候安装空调还要打排水孔，墙厚的话还要在电钻上加一个钻头，电钻惯性很大，不好操控，打一个孔有时要两个小时。安装好空调，往往是满头满脸满鼻孔的灰。

有一次，他干着干着，忽然发现新空调上血迹斑斑，他正疑惑，却猛地发现自己的手指都磨破了，鲜血直流，而他由于干活太集中精力，都没感觉到痛。

他白天给人家安装空调，晚上卖书。书还是要卖的，那不仅多一份收入，自己还可以看书学习。有一天晚上，地摊边围了不少人在看书，但看的人多，买的人少。成杰就想到一个办法，说我给你们演讲吧，你们听听，如果有道理呢，就买一本书，没有道理呢，就不买。人们被他这种新奇的卖书方法吸引住了，演讲完之后，听的 11 个人中就有 9 个人买了书，他们都说小伙子你讲得有道理，这书值得买。

他在摆摊卖书的过程中读了不少书，总结出一个小结论，那就是一个人在没有学历、没有资金、没有关系的情况下，最有可能接近成功的办法就是从事销售工作。香港的李嘉诚、日本的松下幸之助、台湾的王永庆，都是从销售员做起，就连比尔·盖茨也是亲自推销他的微软软件。《穷爸爸富爸爸》中的富爸爸说："没有成为销售冠军，当一个老板是不够资格的。"

机会永远是为有准备的人准备的。成杰想做销售，却不得要领，他想不管怎样我要先提升自己，他租住的小屋后面有一座小山，他每天早晨都会爬到小山上去读书，大声练演讲。2003 年 7 月的一天，一位新结识不久的朋友问他要不要听一个老师的演讲，可以去学习学习，这位老师是成都一家教育培训公司的董事长，姓张。

成杰就去了。听完两小时的演讲，他被演讲者极有风度的举手投足和诙谐睿智的语言所折服。两个小时，数百人被演讲者的智慧与自信所感染。成杰想这不就是我要的人生吗？我一定要加入这个团队。

说干就干，第二天成杰就追到了张董事长的办公室。当时的成杰，干瘦黝黑，衣裳陈旧，张董事长并不太接受他。成杰就跟他讲自己的梦想，自己的决心，讲了 30 多分钟，他说他不要一分钱底薪，干好了再说，干不好他自己走人。张董终于被他执着的精神打动了，说给你一个机会，看你自己的了。

当天成杰就拿着资料包开始了陌生拜访，一幢幢陌生的大楼，一间间陌生的办公室。开始，他陌生拜访时站在门口连门也不敢敲，终于鼓起勇起敲门，得到的往往是冷眼与呵斥。有一次，他鼓起勇气敲开一个办公室的门，老板看到他提着个包，就知道是个推销员，他说："小子，你马上离开，不要踩脏我的地板！"这句话在瞬间像一柄刀子扎进了成杰的心上。

他不是没想过退缩、放弃，可是他又想，既然选择了，就不能轻易放弃。他想起老师说过的，教育培训业是最有前景同时也是最富有挑战性的行业，很多人在成长的过程中吃不了那份苦，就半途放弃了，这个行业是"剩"者为王。他以常人难以想象的坚韧坚持着，付出着，第二个月，他就成了公司里的销售冠军。

他的梦想是成为一名杰出演说家和企业家。可是要成为一名出色的演说家，需要实地演练，可是他的资历决定了没有人会请他去演讲。他就想出了一个办法，那就是免费到大学进行公益演讲，虽然没有报酬，但对自己是一种锻炼。

他打电话给大学，屡遭拒绝。但他不灰心，他打电话给绵阳创业学院，同样遭到了拒绝，后来他又坚持打了多次电话，整整两个多月，创业学院的教务主任被他感动了，说好吧，你来讲一次吧。第一次去大学演讲，他既激动，又兴奋，那天正巧碰到狂风暴雨，学校说雨太大了，取消吧。他坚决地说我已经约了这么多日子，千万不能取消。他赶过去，给 300 多个大学生做了第一场演讲。万事开头难，后来，他在西南地区近百所大学巡回公益演讲，听众达万人。

在大学积累了演讲经验，就要向企业培训进军了。可是他一没名气，二没资历，哪个企业都不会愿意花钱请他去培训的。怎么办？还是免费去企业讲。虽然是无报酬，但他也一样一丝不苟，有一次一天讲了七家企业，从早上 7 点讲到半夜 2 点，第二天嗓子哑了。

终于有一天，一家企业主动付费邀请他去培训。这是他第一堂有偿培训课，一天的培训费 400 元。

2005 年，他 23 岁，他带领团队攻打市场，一直在公司保持销售冠军位置。

2007 年，他 25 岁，他的年薪就突破了百万元。

2008 年 11 月，他在上海这个万商云集的国际大都市创建了自己的教育培训公司。他多年的教育培训实战经验让他以一个高起点起步。短短两年，他的众多课程在全国各大企业深入人心。他巡回 120 多个城市，培训演讲两千多场。

十年光阴，实则弹指一瞬。对于一般人而言，在生活与人生的诸多磨难与失意中，可能会增多一些皱纹，增添一些白发，甚至一蹶不振。

而如果真正读懂了“瘦鹅精神”，它一定能让你从坚硬残酷的生活樊篱里突围而出，翩飞在芬芳四溢的人生之春里。

载于《做人与处世》

“瘦鹅精神”，是真正意义上的绝处逢生，是精神与行动的高度结合。当你坚持不下去的时候，你是否真正做到了思考与行动并肩作战？

自卑的窗外也可以开出繁花

文 / 阿杜

我宁愿自己的力量打开前途，而不愿求有力者垂青。

——雨果

一

14 岁那年，我比同龄人胖了很多。

我很自卑，亦很苦恼。我不知道自己怎么长着长着就长成这个样子。我害怕被人关注的目光，害怕同学口无遮拦的玩笑话，宁愿自己被当成“隐形人”，可是，我连这个想法都很奢侈。

面对嘲笑，我没有勇气“反抗”，想哭却不敢哭，14 岁了，我不想当众哭鼻子，唯有伪装坚强，可即使这样，他们也会说：“胖子修炼到家，真是皮厚到极致。”

有很多次我都不想再去学校上学了，面对没完没了的嘲笑太累了，可是不去学校，我能去哪儿呢？

二

我以为我会这样过完一个“暗无天日”的中学时光，然后和当年的同学再也不相见。可是有一天，因为座位的调动，语文课代表韩江成了我的同桌。

因为他，改变了一切。

韩江是个安静的男生，不爱说话，只喜欢用文字表达。他把东西搬过来时，礼貌地对我点头微笑，我愣住了。在这之前，没有人这么礼貌地对待过我，一时心里充满感动和欣喜。

我和韩江从前没有讲过话，位置离得远，虽是同学，但彼此很陌生。我不了解他，只知道他的成绩是年级里最好的，还可以确定的一点是在整个班上，唯有他没有嘲笑过我。

韩江人缘好，大家都很喜欢他，那些比他高半头的男生还一脸臣服地叫他“我们韩哥”，惊得我落了一地的鸡皮疙瘩。

我的性格并非沉默，我只是被人排斥无话可说才不得不沉默；面对嘲笑我也不是不想反击，而是没有勇气，我又不想用“眼泪”武装自己……

我自卑，但我又不甘自卑。可能每个胖子都有一段辛酸史吧，特别是胖女生，那种难过无处倾诉。

三

韩江成为我的同桌后，我的日子终于安静了下来，再不会一下课，耳边就响起“胖子，胖子”的声音。

韩江很少主动与我交流，但我已经很满足了，至少他不会嘲笑我，至少他对我总是彬彬有礼。我可以安静地看自己喜欢的书，不被打扰地做“白日梦”。

每天晚上的自习课，韩江总是很快就写完作业，然后埋头写文章。刚开始我不知道他在写什么，很好奇，于是有一次趁课间休息，他不在教室时偷偷地看了。直到那时，我才知道韩江在写小说。

那是一篇精彩的悬疑小说，才看了一个开头我就被吸引住了，直到韩江进了教室，站在我面前，我都没有发觉。

“好看吗？”韩江问。

他的声音突然响起，我吓了一跳，赶紧把稿件塞回桌洞，脸早已涨得通红，嗫嚅地说："对不起！写得太精彩了，我好奇翻看一下就被吸引住了。"

说完话，我就深深地埋下头，准备迎接他的"怒吼"，毕竟我没有经过他的同意翻看他的稿件被骂是应该的。只是等了好一阵，韩江都没有发出"怒吼"，他还高兴地问我："故事真的精彩吗？"见他没动怒，我兴奋地抬起头说："精彩！"

我虽然成绩一般，但喜欢看书，大把的时间都在看各类小说中度过。

"你喜欢看小说？"韩江在老师进教室前，继续问我。

很难得有人这么主动地与我说话，我很兴奋："我喜欢，我看过很多小说，你的文风洒脱，语言诙谐，故事又很吸引人……"话未说完，老师已经来了，我只好闭嘴，抱歉地朝韩江笑笑。

"下课后我们继续聊，你很棒！"没想到，韩江匆忙地递了张纸条给我。

那一堂课，他很认真，我却没法儿静下心来听老师讲课，一颗心仿佛飞到了云端。

四

我对小说的认识拉近了我和韩江的距离，直到这时，我才知道他发表过很多文章，还出过书。不过，韩江很谦虚，他喜欢听我的意见，他说我的眼光很独到。

得到韩江的认可，我自卑的心多了些自信，而且我很荣幸地成为了他小说的第一个读者。那种喜悦的心情我无法用语言表达，一个向来被大家嘲笑的胖女孩，突然得到一个男生的尊重和肯定，该是多荣耀的一件事。

韩江还鼓励我跟他一起写小说，他说："你看过那么多小说，而且眼光精准，我相信你动笔写，也会很棒的。"

其实我一直有写小说的想法，只是懒，大把的时间还是打发在看小说上，但后来完全不同了，有韩江的鼓励，而且我能成为他“志同道合”的同桌，多幸运。

韩江还对我说：“作为学生，学习永远是第一位，别的时间就可以用来写小说和看小说，这样父母才不会干涉……”

我很认真地听取了韩江的话。就像他自己，合理安排时间，学习写作两不误。从那时一直到现在，我都在坚持写作，因为韩江说，爱写作的人都有一颗晶莹剔透的心。

我相信这句话。在写作中，我还找回了久违的自信，对学习也充满了热忱。

除了韩江，没有人知道我也在写作，我很享受这个只有我和他才知道的秘密。

五

有一天下午，我比平时早了些到学校。刚要进教室时，突然听到有几个同学又在议论我，他们嬉笑着你一言我一语，几个人一起奚落我，然后哄堂大笑。

我不安的心紧张地缩了缩，习惯性地低下头，恨不得挖个地洞钻进去。虽然一直被嘲笑，但每一次面对，我还是会伤心难过。

“你们怎么能这样说阿杜呢？谁希望自己胖呀？她已经为此很难过了……虽然她很自卑，但她很有才气，你们没发现吗？其实自卑的窗外也可以开出繁花。”

听声音，我就知道是韩江在说话，他说得多好呀，“自卑的窗外也可以开出繁花”，这个美妙的句子仿佛一帖灵丹妙药在瞬间就让我苍白的心充盈起满满的自信。

我在教室外站了一会儿，回味韩江的话，然后昂首挺胸地走进了教室。就算自卑，我也可以通过努力让平凡的自己变得不那么平庸。

看见我进教室了，嘲笑我的同学立即噤声，而我却第一次勇敢地面对他们展露出笑容。看见我笑，那几个同学反倒尴尬起来。

“我有好消息告诉你。”才坐下，韩江就悄悄告诉我，编辑在QQ上留言给他，我和他的小说都通过了终审。

六

人生往往就是这样，有一个好的开始后，沿着正确的方向走，总会有收获。我知道这一切都是因为韩江，他的鼓励让我开始有自信，他的监督让我不再放弃自己。

很多年以后，我一直都会回忆起当年的情形，心里依旧充溢着满满的感激。我的第一篇小说，是韩江帮我找杂志投稿的，他说我一定行。

后来在韩江的带动下，我就一直坚持写作，我们约定好，要用一生的时间经营文字。

初中毕业后，我再也没有见过韩江，听同学说他家在那年夏天就搬去了厦门，后来又移民去了加拿大。

我很遗憾没有亲自感谢他，是他在我最迷茫最自卑的时候，把我拉出了青春的烂泥潭，找到了一条适合自己的路。

“自卑的窗外也可以开出繁花”，这是韩江说的，是我在仓皇流年中印象最深的一句话。这句话温暖了我孤单寂寞的流年时光，也鼓起了我的信心，让我从此有勇气从容地面对未知的人生。

载于《做人与处世》

我们因为生长环境的缘故，从而产生个体差异，谁都有或多或少的自卑。但并不代表一无是处，你有自己独特的一面，你很优秀，不是吗?

第四辑

让心中拥有一片湖

湖是多元且永恒的，它既沧桑严峻，又天真无邪；既浩浩荡荡，又从容不迫；既晶莹有致，又错落有序。它让我们懂得宇宙是复杂多变的，倘若以蹇涩拘泥的眼光看世界，即便是万顷心湖也会干涸。

Zui Meiwen

爸爸的“冷水”

文/罗光太

父爱是沉默的，如果你感觉到了那就不是父爱了！

——高尔基

小的时候，我就喜欢看书，看书多了，也就萌生出自己试着写的念头。记得那是小学三年级的时候，学校里已经开始教写作文。我特别喜欢上作文课，那些看书时弄不懂的问题，在作文课上，老师都会为我解惑，让我茅塞顿开。

我的作文成绩是班上最好的，老师很喜欢我写的作文，每次都会当成范文在班上读，让我小小的心里充溢着满满的自豪和喜悦。看过很多书后，我并不满足只是写老师布置的作文，我想写童话，写故事，写很多我脑海里构想出来的东西。

我想像爸爸一样，在报纸杂志上发表文章。爸爸虽然是建筑工程师，但他闲暇时却喜欢写点文章，多年的积累，他已经出版了两本书。我很崇拜爸爸，我希望自己能够像他一样优秀。

每天放学回家后，我先把作业做完，然后躲在房间开始写我自己构想的故事。那是一段累并快乐着的时光，写作的辛苦我体会到了。有时为了一个流畅的句子，我得一直修改；有时为了一个贴切的词汇，我得绞尽脑汁；有时为了描写的东西真实有特点，我得长时间去观察。我在写作的过程中终于明白了，写作并非是件容易的事，要想写好，就得下苦功夫。明白这些，我对爸爸能发表那么多文章更是敬佩万分。

可是那时候，我毕竟只是一个九岁的孩子，并没有超乎常人的天赋，我只是单纯地喜欢写，以为自己的作文得到了老师的认可，并且看了很多书，我写的文章一定很好，甚至可以像爸爸的文章那样发表在杂志上。

我努力了一个星期，终于完成了我的第一篇挺长的童话故事，洋洋洒洒地写了好几页纸，我欣喜地把文章拿给正在家里做家务的妈妈看，并且兴奋地告诉她，这是我自己写的故事。妈妈听后，激动地拥我入怀，还没看就一个劲地夸我很棒。我接过妈妈拿在手里的扫帚，她用两只手小心翼翼地翻阅我写的故事，一边看，一边不停地夸奖："真棒！写得很精彩！这个故事写得很有趣。"看完后，妈妈又蹲下身抱住我问："这个故事真的是你写的吗？"当她得到我肯定而自信的回答后，她又忍不住抱住我深深地亲了一口，说："我儿子真棒！一会儿你爸爸回来看见了，一定更高兴。"

妈妈的激动溢于言表，她甚至在做家务时都哼唱起来了。看着妈妈开心的样子，我心里涌起了无限的豪迈感，想象着爸爸回来后激动的样子，我禁不住蹦跳起来，我想爸爸一定会表扬我的，他能以我为荣是我最大的快乐。

爸爸下班前，妈妈特意把我写的故事整整齐齐地放在茶几上，她知道爸爸回家后的第一件事就是坐在茶几前喝一杯温水。她希望爸爸在第一时间里看见我写的文章。

在等爸爸回家的时间里，我觉得每一分每一秒都好漫长，是种煎熬，不过，是快乐的煎熬，我心里洋溢着无法言说的喜悦。我一直站在窗口探望，希望爸爸会比平时早一点回来，希望他能够早一点看见我的文章，他的意见对我来说很重要，毕竟爸爸发表过那么多文章，毕竟爸爸是我最崇拜的人。

爸爸终于回家了，我一脸灿烂地站在妈妈身边，等着我想象中激动的场景发生。妈妈在爸爸进门时就兴奋地对他说："孩子爸，你终于回来啦！快过来看，这是你儿子自己写的故事，真是太精彩了！"

爸爸脸上流露出不相信的表情时，妈妈肯定地说："是你儿子自己写的，你还不相信？遗传你的文学基因呀。"

爸爸坐在沙发上，认真翻阅我辛苦写了一个星期的文章时，妈妈又一个劲地在边上夸奖我，我自信满满地说："有其父必有其子，我是爸爸的儿子，一定可以像爸爸一样厉害……"

我的话还没说完，爸爸开口了："没什么意思呀？故事老套，情节也不精彩，我还以为写得有多好呢？"

我一时间愣住了，笑容凝固在脸上。

妈妈急切地反驳："你儿子才九岁，他主动写文章，你怎么不鼓励他？明明就写得很好！"

"好不好我有自己的判断。明明不好，我可以说好吗？"爸爸理直气壮。

妈妈气得和爸爸吵了起来，我却是委屈而又伤心地哭着跑回房间，扑在床上泪水横流。

我不甘心，一边哭，一边暗下决心：我一定要更努力，一定要写出得到爸爸认可的故事来，但我又很疑惑，为什么爸爸不鼓励我呢？反而泼"冷水"？毕竟我才九岁。

后来，我渐渐注意到了，爸爸其实很少表扬我，似乎我做什么事，取得再好的成绩，都很难得到他的认可，他最常说的话就是："一般，普普通通，没什么意外。"可我那么渴望得到爸爸的认可，还好一路走来，还有妈妈的鼓励相伴，要不，我真是没勇气也没信心了。

有妈妈的鼓励，我一如既往地喜欢看书和写故事，有点和爸爸赌气吧，我比过去更努力也更投入了，但是爸爸还是常常给我"泼冷水"。

有一段时间，我挺恨爸爸的，觉得他冷血，觉得他不可思议，别的父母总会不断地鼓励自己的孩子，而他却只会“泼冷水”。我恨他，可我又那么迫切地渴望得到他的认可。

为了得到爸爸的认可，我做任何事情都会竭尽全力并力求完美，但爸爸似乎还是无动于衷，就连后来我已经刊发的文章，爸爸看后，也只是说：“一般，还可以写得更好一点。”

我一直在努力，从不敢停歇，所有的付出都只为得到爸爸的认可。爸爸对我很严格，对他自己也很严格，他用行动给我树立了榜样。

渐渐地，在流逝的时光中我长大了，而爸爸一天天老去。他依旧常常给我“泼冷水”，依旧在说“还可以做得更好一点”，只有妈妈，她的鼓励从不吝啬，她以我为荣从不低调。可我却在这两种截然不同的表现中读懂了父母对我深沉的爱。

妈妈的鼓励给了我信心和勇气，而爸爸的“冷水”，却让我随时认清方向，保持努力的状态。

载于《新青年》

记起小时候学过的一篇文章，《精彩极了和糟糕透了》。似乎父亲永远都是这个样子，没有什么时候是对孩子满意的，时不时还打击你一下。可是，这不就是父亲的爱吗，因为这伟大的爱，我们才变得谦虚谨慎不自满，不沾沾自喜，从而获得更大的成功。

赢过昨天的自己

文/罗光太

自己打败自己是最可悲的失败，自己战胜自己是最可贵的胜利。

——佚名

从小我就比较好胜，但资质平庸，无论怎么努力，都很难取得第一。

父亲发现我总是郁郁寡欢，追问原因。我说出来后，父亲抚着我的头说："你是一个有志气的孩子，而且你确实在努力了。但是得不得第一又有什么关系呢？第三名也很好呀！""什么呀？上次我得了第一，这次才第三，多丢人！"我还是哭丧着脸，心里很不理解父亲的话。"有目标是好的，但第一名往往只有一个，那也不是衡量一个人的唯一标准。一个人，只要赢了自己就可以。"父亲说。

父亲那天说了很多，但"只要赢了自己就可以"我无法理解，以为他只是在安慰年少的我。后来，长大了，特别是步入社会后，经历的事情多了，才渐渐明白父亲当年的话。

我一直在网上写文章。偶然一次，我的一篇文章被《成长》杂志选用。我欣喜若狂，以为自己是当作家的料，于是天天奋笔疾书。然而，当我真正开始投稿后，面对的却是一封又一封退稿信。半年里，居然连一首小诗都无法再发表。沮丧汹涌而至，伴随着别人的嘲笑，我心灰意冷。

那段颓废的日子，父亲看了很心痛。一天夜里，父亲拦住了准备出门买醉的我，他说："你真的不想再写了吗？"我低着头，没有回答。父亲知道我对文字的酷爱，知道我割舍不下自己十几年来的梦想。"我知道你一直在努力，你写得很辛苦，但是又有谁的成功是一帆风顺的？你的文字已经在进步，你不知道吗？"父亲喋喋不休。"可是，没有编辑认可我的文字……"我低声反驳。"别人不认可你，但你首先要认可自己呀，你在进步，你已经赢过昨天的自己了，我为你骄傲！"

"赢过昨天的自己？"我重复着父亲的话。"对，只要赢过了昨天的自己就可以了。"父亲很肯定地说。那天，我没再外出，一个人躲在房间想了很多，父亲的话一直萦绕在耳边。是呀，为什么要和别人比呢？我能赢过昨天的自己就可以了。

以后，我平心静气地写文章，依旧投稿，但不再热衷结果，不再和别人做比较。

这一年来，我的文字慢慢成熟，逐渐被一些编辑认可。一年里，先后发表了五十几篇文章。我知道，这是很小的一点成绩，对一些名写手来说，他们一个月发表的文章就超过了这个数，但对我来说却弥足珍贵，这是我努力了一年的结果。

我不再患得患失地去和别人做比较，能够看见自己的进步我已经很满意了，我也将会继续努力。我知道冠军只有一个，更多的人都是像我一样，即使很努力了，也无缘第一。无缘第一就可以不努力了吗？不可以，因为人生首先是一场和自己竞争的比赛。只要活着，这场比赛就将一直进行下去。

每天都"赢过昨天的自己"一点点，日积月累，很长的一段时间后，蓦然回首，我们会惊讶自己取得的成绩，甚至会感叹自己的坚持和努力。

人生，是需要坚持和努力的，但首先我们一定要赢过昨天的自己。

载于《思维与智慧》

我们在各自的疆域生活。像花朵盛开在阴面或阳面的山谷，盛开在海边或者草丛之中，但都是在自己的本性里盛开。人的确有可能时时刻刻成为一个新的自己，具备无限的生机和活力。

战胜自己，你才能赢得荣耀！

你能应对的事情

文／庞启帆 编译

人每违背一次理智，就会受到理智的一次惩罚。

——托·霍布斯

乔丹先生家的树莓是附近一带最好的，而且他们家的树莓树总是硕果累累。一个星期五晚上，一个伙伴突然说："我们去乔丹家摘树莓吧。"这主意听起来非常不错。

于是，我们悄悄潜入了乔丹家的后院，在树莓树下小心地藏起来，然后开始享用那些清甜而多汁的树莓。

但是我们还没吃过瘾，乔丹家后院的灯突然亮了。我们还没来得及反应过来，乔丹先生冲了出来。

"你们这帮小鬼在干什么？"他大吼一声。伙伴们顿时吓得四处逃窜，手上还没吃完的树莓被扔得到处都是。几秒钟的工夫，伙伴们就消失在了夜色中。

其他的人都跑了，只有一个人没跑，这个人就是我。

乔丹先生揪着我向我家走去，一路上不停地训斥我。回到家，我的母亲问清楚事情的缘由后勃然大怒。自然，我承受了一番狂风暴雨般的责骂。

接下来的几天，这件事成了伙伴们的笑料。我不禁抱怨命运的不公：

为什么大家都偷了树莓，我要付出代价，而他们却无须承担任何后果?

大约一个星期后，我向父亲抱怨这件不公平的事。

“我觉得没什么不公平。”父亲说，“你没有问过乔丹先生就偷摘他家的树莓，接受惩罚完全是应该的。”

“那其他几个人呢？他们一点儿也没受到惩罚！”我诘问道。

“那不是我要考虑的，也不应该是你要考虑的事情。”父亲说，“你无法控制发生在他人身上的事情。你只能应对发生在你自己身上的事情。那天晚上你做了一个错误的选择，为此你受到了惩罚。在我看来，这是十分公平的。”

当时，我对父亲的话非常恼火。但经过了这么多年，我已经认识到父亲说得很对。我们来到这个世界，并没有谁向我们保证生活会公平对待我们。生活本来就是不公平的。所以我们不能拿自己的各种人生遭遇与别人的生活相比较而让自己陷入忧郁与怨愤当中。就像父亲所说的，那不是我们要考虑的事情。

我们真正能应对的是发生在我们身上的事情，无论这些事情公平，还是不公平。

载于《阅读·素材》

每个人都会遭受公平或者不公平的对待，这是我们无法把控的事。唯一可以把控的就是管好自己。

不幸，不是现在也不是将来

文 / [美] 鲍勃 · 帕克斯　庞启帆 编译

生命，那是自然给人类去雕琢的宝石。

——诺贝尔

我的朋友贝基即将离开她的工作岗位。三年前，我写了一个有关她的故事，她非常喜欢。在她离职前，她打电话给我，请求我送一个有我签名的那个故事的副本给她，她打算把它装帧起来。

我认为这是送给她的一个很好的礼物。为了使这个故事更具吸引力，我决定请人配上颜色和插图。然后把它装帧好，在她离岗前的最后一个工作日送给她。

我联系了一个艺术家朋友。她建议我先给她一个预先的副本，等她的设计得到我的认可后再最终完成它。“没有这个必要，”我告诉他，“我相信没有人比你更能胜任这个设计。”

几天后，我收到了她发过来的一个电子邮件的附件，这个附件就是她根据贝基的故事设计的插图。打开附件，我感到非常失望。

我坐在那里看着图画，不停地自言自语：“我相信没有谁更能胜任这个设计。”

“我必须接受这个。”我对自己说。

然后，我又喃喃自语：“怎么办？下周我就需要它，寄送到我手也需要时间。我不能删除它。”

我关掉附件，准备用一些虚假的、客套的话语回复这封邮件。这时，我才注意到邮件里还有一封信。通过这封信，我的艺术家朋友向我解释了她是如何得出这个艺术构思的。

“啊，上帝！”我低呼道。我再次打开了那幅图画。之前似乎太过简单的图画突然变得完美了。

在设计这个插图的过程中，我的艺术家朋友向我详细了解了贝基的情况。

贝基的人生很不幸。她结了三次婚，前两个丈夫死亡，其中一个在睡觉时就在她的身边自杀身亡。第三次婚姻是因为离婚而结束。她有两个儿子，其中一个吸毒。

现在，她将面临失业，生活无疑雪上加霜。

故事中有好多细节描写，这些细节增加了这个故事的深度，而我的艺术家朋友只是简单地加上了一道彩虹。一道破裂的彩虹——拱形处处理成小碎块状。

我十分不喜欢这个设计，直到我通过设计者的眼睛来审视它。

我的艺术家朋友写道：“一道彩虹似乎过于简单化，但这个概念适合贝基的真实的故事。我们的彩虹往往有些部分是破裂的，但它的美丽并不会因此而少一点。”

她说得没错。当我把贝基的故事告诉她时，我只着重悲惨的情节。我的艺术家朋友却看到了悲剧空间的那些东西。

在那些悲剧的空间中的确充满着小快乐、特别的爱的时刻和许多的朋友。

当我把这份礼物赠送给贝基的时候，我首先解释了那幅图画。虽然她的人生经历了许多不幸，但谁能说她过去的人生没有幸福和快乐呢？那些不幸已经过去了，不幸不是她现在的状况，更不会是将来的状况。

我们都落泪了。

从此，在审视一个人的人生的时候，我学会了看全貌，因为多么不幸的人也会有快乐和希望，就像那道彩虹，就算有一部分是破裂的，但它仍然美丽。同时，我也学会了以一个设计者的视角看待人生，无论人生多么艰难，生命的天空也会有彩虹。

载于《哲思》

生活的根本意义在于完成“好好活着”这个伟大的使命，那纯洁的蓝色高雅又略带哀伤，在生命的旅途上，它象征着困难与挫折，尽管如此，他们也是我们生命中的一笔财富，能使人清醒，教人搏击，催人奋进。

一之韵

文 / 王飙

躯体总是以惹人厌烦告终。除思想以外，没有什么优美和有意思的东西留下来，因为思想就是生命。

——萧伯纳

儒道禅，是撑起中华民族灵魂之鼎的三只巨足，它们共同的一个特点，就是都推崇一个“一”字，都有一个万法归宗的哲学命题，而这个宗，也就是万目归纲的一。

道，源于易。五千多年前，伏羲于宛丘之上，仰观天象，俯察地理，追索诸物的生灭轮回，突然灵光乍现，悟门豁然大开，昂首苍天，惊呼“太极！阴阳！”原来他在这一刹那间，看到了宇宙未劈时是一团混混沌沌的元气，这也是构成这混元的阴阳二气未动的时态；阴阳一动，混沌始开；二气冲和，天清地泰；万物育化，绵延其间；万象森列，美如画卷；激动之余的伏羲氏，随手在地上画出八卦图形，以记下自己的这一“太极一动，阴阳相生，万物乃成”的伟大发现。后来的老子李聃，在《道德经》中，更是把这一发现发挥到了极致：道生一，一生二，二生三，三生万物，万物又统归之于道，而道即是一，即是太极，即是阴阳冲和之气，所以，便有了天得一以清；地得一以宁；神得一以灵，谷得一以盈，万物得一以生，侯王得一以为天下正，一人得一十方得利……

禅，是天竺的佛与中国的道结合后，诞生的直指人心、明心见性的顿悟法门，慧能是禅宗的实际创始人；在禅的世界里，每一个人的心里都立着一位真如法身佛，一切的修行，包括行走坐卧、饥餐渴饮、待人接物，都是为了让其放出光来，照亮人生中的一切，甚至照亮世间万物。

有这么一则公案。有一天，庆诸正在筛米，沩山禅师道："施主物，莫抛撒。"庆诸道："不抛撒。"沩山禅师于是从地上拾起一粒米来，说道："汝道不抛撒，这个是什么？"庆诸无言以对。沩山禅师接着说道："莫轻这一粒，百千万粒尽从这一粒生。"庆诸便问："百千万粒从这一粒生，未审这一粒从什么处生？"沩山禅师一听，便呵呵地笑着走了，他为什么不说破？因为说破了，就不是禅了，自己去悟吧。

对于这个公案，还有更诗意的表达：一月普现千江水，千江水月一月摄。那么，这一粒米，这一轮月，代表着什么呢？答案也就是一个字："心"！境由心生，以你心中的那双佛眼看世界，一切无不闪着佛光；所以，一统万，万归一！这就是为什么得道之人，总是胸中喜念踊跃，满目山河万朵。

如果说，道，讲的宇宙自然之法的话，那么，儒，则讲的世间人伦之法；孔子曾留下一句让后人玩味不止的话："吾道一以贯之。"许多人都以为找到了答案，因为孔子的学生曾参说过："夫子之道，忠恕而已。"其实，当时的曾参年轻，根本没有悟透孔子的真义，一个"而已"，尽显其回答得不够严肃，因为孔子真正想告诉他的是一个"仁"字，而忠恕礼智信义，不过都是仁这个"一"所统领下的"万"的内容，"仁者人也"，"克己复礼，天下归仁焉"，而孔子的"随心所欲而不逾矩"，便是说你的心只要达到了仁的境界，处万人，接万物，成万事，都不会出差错的。这就是儒家的一以统万、万殊归一。

齐国的晏子，是孔子最推崇的人，而晏子则是侍奉过三个君主的人，有一次，梁丘据心怀叵测地问晏子："你侍奉过三个君王，而三君都不同心，且都对你言听计从，是不是你胸中跳动着不同的心与之相和啊？”晏子笑而答道：“我听说，仁爱不懈，每个人都会听你的，奸邪不忠，恐怕没有一个人听你的。一心可以事百君，百心不可以事一君啊！”孔子听说后，告诉他的学生：那个以一心事百君的晏子，是一个值得你们敬重和学习的人啊！因为晏子的一心，正代表着孔子所说的仁之内涵呢。

道的一，占尽了造化自然的风流，可以养魂；禅的一，充满了觉识妙悟的浪漫，可以养心；儒的一，彰显了生命大美的韵致，可以养气！此三者，皆可助我们写好人生这首诗！

当然，儒道禅，我们得其一，便一生都受用不尽，何况我们可以气、心、魂三者兼修呢？我华夏之鼎，因有此坚挺的三足，故运作恒久！

载于《思维与智慧》

一沙一世界，一叶一菩提。中华文明可谓博大精深。这里的一，有简单的意思，也有万宗归一的含义。这些思想，是我们永存的精深宝藏。

风景与故事

文 / 戎装云

宠辱不惊，看庭前花开花落；去留无意，望天空云卷云舒。

——洪应明

天地之间原本只有自然，人类出现后才有了世间。自然进入观赏者的眼中成为风景，世间经人类的演绎有了故事。

带有诗意的风景是装点心灵后花园的基本元素。天空的一轮明月，山间的一条溪流，枝头的一声鸟啼，路边的一棵绿树、一块顽石，甚至是石缝里挺出的一株毫不起眼的野草花都可以是一道美丽的风景，徜徉其中让人忘记忧愁，让人见到欢喜。

带着热度的故事是行走人间留下或正在留下的串串印痕。一颦一笑间隐藏着曼妙的故事，灯光舞台上闪动着精彩的故事，金戈战场上腾挪着壮阔的故事，大哭大闹中更承载着或惊心或滑稽的故事……置身其中，扑面而来的是浓浓的生活气息。

风景从来都不只属于诗人，尽管诗人眼中的风景最富有诗意；故事也从来不仅属于小说家，尽管小说家笔下的故事集中着生活的热度。

诗意的尽头没有诗意，呼啸而来的列车和冰冷刺骨的铁轨对于海子而言已经不再是面向大海春暖花开的风景；热度的尽头没有热度，凡事太尽，缘分势必早尽，电影《风云》中雄霸披头散发的狼狈意味着一个曾经费尽心机登上巅峰的人物之人生故事的凄冷谢幕。

看山宜在山外，智者的目光移出生活的小圈子，故事本身也是风景；乐山宜在山内，隐者的身影融进自然风景，风景之中也有故事。不必把名和利的分量掂得过重，也不必以梅为妻以鹤为子，其实，智者和隐者两种身份可以适时地合而为一。美学大师朱光潜有一句经典的话："人要有出世的精神才能做入世的事业"，当今社会奉行"下班关手机，周末必出游"的"绿客一族"当接近此境界。

失意时，不妨把风景引入故事，盘腿坐在丛生的荆棘旁边静心休憩，抑或站在绊脚石上放声歌唱，如此则荆棘可爱石头亲切，个中自有一番做人的坦然和傲气；得意时，不妨把故事引向风景，把酒东篱，盈袖的淡淡暗香里自有一种处世的超然和雅趣。

我看故事多风景，料故事看我应如是。赏着风景，演着故事，无怨无悔，不忧不惧。

载于《思维与智慧》

把生活中的每一个片段都看成风景，把琐碎的日子过成诗。不妄取，不妄予，不妄想，不妄求，与人方便，随遇而安。

烂名字却很灿烂

文 / 奇清

致富的秘诀，在于“大胆创新、眼光独到”八个大字。

——陈玉书

“烂”，这个字彰显着对立统一。它有两种截然相反的意思，一是“不好”，如那人很烂；一是有光彩，如灿烂。其实，许多事情“光彩”就包含在“不好”中。

在一些人眼中，马云是一个为公司取名字的高手，因为“阿里巴巴”“淘宝”“天猫”，皆是绝顶地好。有些人也就常常请马云替自己新办的公司取名字，这时马云往往会笑呵呵地说：“你要是不怕挨骂，我可以为你效劳。”于是，他给人讲了“天猫”这一名字的来历。

当年淘宝商城要换一个名字，马云的伙伴们都一起让自己的脑子转动起来，一时间有好多个名字汇集到了马云的案头，比如“宏达”“天诚”什么的。但马云觉得这些名字不是太正统，就是太直接，想象力不够丰富。

那天晚上，马云在家冲凉，家里的小花猫突然“喵喵”地叫起来，想到“天诚”这个名字，他的眼前不禁一亮，“天猫”二字闪现在脑际。兴奋异常的他忍不住打电话告诉伙伴们，电话中传来的却无不是反对声：“太土老帽了！哈哈，太‘土老猫’了！”

马云思忖：“这名字八成要成了。”第二天，他到办公室一说，几乎所有的人都摇头，有人说：“这是一个什么古怪的名字！”马云窃喜，既然人人讨厌这个名字，说明这个名字独特。名字本没有意义，叫的人多了也就有意义了！

马云认为伙伴们骂、办公室的人骂、公司的人骂，这还不够，要是向社会公布，引起“骂声一片”，这个名字就响亮了。他不顾公司人员的普遍反对，利用自己的“淫威”向社会推出了“天猫”。

果然如马云所料，网民们都对这个名字“大肆开骂”了，结果骂的人越多，传播得越快。先是“天天骂”；4天后，便有人开始为这个名字叫好了；5天后，许多人都说“天猫”这个名字太有意义，太有文化内涵了。甚或有网民说：“因为‘天猫’这个名字，我忍不住上去‘天天瞄’。”

2014年9月19日晚，阿里巴巴正式在美国纽交易所挂牌交易，马云成为中国首富。11月20日，马云在浙江乌镇出席首届世界互联网大会，在演讲中他说：“今天，也许我公司市值很大。但15年前大家认为我不靠谱儿，公司不挣钱，想法又怪异，那时候别人说我很烂，其实我知道，没有那么烂。今天大家说你那么强，其实我们没那么强。当别人认为你无所不能时，显示你的危险已靠近。”马云这一番充满着哲理与思辨的话，道出了他成功的奥秘。

想法别致，向世俗与保守挑战，且能清醒地认识自己，别人认为你的“烂”，它恰恰是你独辟的蹊径，一条通向灿烂的光明道。

载于《当代青年》

别人怎么认识你，抑或怎么评价你，这些都不重要，重要的是你如何看待自己。不要被外界假象迷惑，做你最想要成为的自己。

强权下的细节逆袭

文 / 清翔

把每一件简单的事做好就是不简单；把每一件平凡的事做好就是不平凡。

——张瑞敏

人生历史中往往有着宏大叙事，它彰显的是其恢宏和壮阔。宏大也许能给人以震撼，但真正让人不能忘怀的是宏大背后的细节。

“红豆生南国，春来发几枝。愿君多采撷，此物最相思。”17 岁那年，王维来到了长安城，写下了这首令长安少女纠结得情肠婉转的《长相思》。“空山新雨后，天气晚来秋。明月松间照，清泉石上流。竹喧归浣女，莲动下渔舟。随意春芳歇，王孙自可留。”王维晚年又写下了这首于诗情画意中寄托其高洁情怀和对理想追求的《山居秋暝》。

王维进士及第，曾任过右拾遗、监察御史、中书舍人、尚书右丞等职。这些应该是王维人生历史中的“宏大叙事”，但人们也许真正记住的只有这些人生中细节的诗句。

不说这些诗句脍炙人口，深入人心，让王维至死也铭刻在心的大约也是这些诗句。756 年，唐朝出现了历史上宏大叙事事件：安禄山起兵反唐。唐玄宗从似锦繁花的梦中终于惊醒了，带着爱妃仓皇出逃。

那天，长安中的大臣如同往常一样，以为只要去金銮殿中报个到，就可回到家中继续享受盛唐的花花世界，可金銮殿上早已不见了皇上的踪影。在大臣连同王维正感到纳闷儿时，他们却一同成了安禄山的俘虏。

唐玄宗一路逃难到西蜀，这才想起16年前去世的张九龄，因为张九龄曾提醒过皇上安禄山有可能反叛。“蜀道铃声，此际念公真晚矣！”玄宗遗使至曲江祭祀张九龄这样说。

与玄宗同陷于危险境地的还有王维，被安禄山带到了洛阳的王维，囚禁在了菩提寺中。他是名人，安禄山按一定的规格待他，吃的喝的按时送到，鸡呀鱼呀的也不缺少，还将一份委任书放在他面前。

追求高洁情怀的王维岂能做这样的官？此时王维虽说56岁了，但认为自己身体还算硬朗，活上十年八年不成问题。他想这时自己生一场病该多好，病了安禄山就不会再逼他做官了。可是病迟迟不上身，王维于是服了巴豆，让自己泻个不止。对待王维这个“天下文宗”，安禄山倒也显出了一份少有的耐心，他说“你病了，我可以等着”。不过以前的待遇不再有了，且环刃交加，以死威胁他。王维没勇气去死，最终担任了伪职。

安禄山进入长安，血洗完长安城后，抓了数百名梨园弟子，把他们带到洛阳，在洛阳的凝碧宫为安禄山及其部下演戏消遣取乐。王维闻之，不禁悲从中来，在阵阵秋风中簌簌落叶下暗暗作了一首《凝碧宫》：“万户伤心生野烟，百官何日再朝天。秋槐叶落空宫里，碧烟池头奏管弦。”

757年，唐军相继收复长安、洛阳，王维被押到长安，附逆按唐律当斩。这时，有人便以王维的《凝碧宫》来证明他对唐朝的一片忠心；同时，当时任刑部侍郎的弟弟王缙恳请用自己的官职换取兄长的性命。另外，也许念王维是张九龄提拔并看好的官员，出于对张九龄的怀念，唐肃宗最终原谅了王维。

王维的人生由此出现逆袭，皇上非但不杀他，还给了他太子中允之职。

有人说，是一首诗救了王维的性命。不错，在血淋淋的屠戮面前，是诗中透露出的不泯的正直和良心，让王维的生命不致在仓促间消亡，也让王维的人生之诗有了一个不黯淡的尾联。

一个人的人生历史也许有太多盛夏般的熙攘纷繁，但能让生命逆袭的却是秋槐叶落般的细碎之声。面对强权，也许它是柔弱的，只因其中蕴含着遵循律令的一分清醒，也就能在其历史的天空中永远回响荡漾……

载于《才智》

看惯了大海的波涛汹涌，山涧潺潺小溪也让人惊喜；看腻了塞外黄沙肆意，军旗招展的粗暴，却又喜欢那堤岸边的杨柳依依。微小的事物让生活更美好！

坐上飞机就清醒了

文 / 大可

决不要陷于骄傲。因为一骄傲，你们就会在应该同意的场合固执起来；因为一骄傲，你们就会拒绝别人的忠告和友谊的帮助；因为一骄傲，你们就会丧失客观标准。

——巴甫洛夫

人难免犯糊涂，特别是在春风得意时。

阿里是世界拳坛上的绝对传奇，在他 18 年的运动生涯中，一共打了 61 场比赛，创造了 56 胜 5 负的惊人纪录，其中有 37 场是在现场观众的尖叫狂呼声中将对手击倒的。

也许人们记得的多是拳击台上那个漂亮的形象，其实他的头脑和他的身手一样敏捷。头脑敏捷最重要的一点，就是一经点拨他就能认识到自己的错误，并能从中吸取到教训。

一次，阿里乘飞机从芝加哥飞往拉斯韦加斯，飞机起飞时，空姐照例会提醒那些没有系好安全带的乘客。空姐一眼就看到了乘坐头等舱的阿里，只见他无拘无束地坐在座位上，安全带似乎有些傲慢也有一些懒洋洋地垂在一边。

空姐走上前去，礼貌恭敬地对阿里说："先生，请你系好安全带！"可他依然沉浸在上飞机之前的掌声和鲜花中，还有那疯狂雷动般的“超人、超人”的喊叫声，好像没听见空姐的话。空姐见状，躬下身子，依然彬彬有礼地说：“先生，请你系好安全带！”

这时阿里觉得空姐实在是有些啰里啰唆，便有些不耐烦地说：“超人是不需要安全带的！”面对阿里的无理回答，空姐不但没有生气，而是面带微笑地对阿里说：“超人用得着坐飞机吗？”犹如飞机从团团云雾中穿了出来，阿里一个激灵，眼前不禁一亮，赶紧系好了安全带。

后来在接受记者采访时，阿里曾多次提到这件事，非常真诚地说：“我非常感谢那位空姐，是她及时为我注射了一针清醒剂，是她将我从迷茫中引了出来。其实，一个人无论怎样杰出和卓越，他都不能成为无所不能的超人。”

一个被成绩冲昏了头脑的人，应该让其坐坐飞机。之所以在飞机上能够让人清醒，不单单是空姐的智慧。还因为无论怎样了不起的人，飞机进入云天的高度比起一个人的身高要高得多。而高度对人是一种启示也是警示：高度决定名誉地位，当你从高度中能安全着陆时，你依然是巨人。否则，你只能委顿在地，被自然的法则碾为齑粉，在时光的雨水冲刷下不再为人们所见。

载于《当代青年》

无论什么时候，都需要清楚地知道自己是谁，不能陷入盲目自大和无视客观规则的怪圈中。

撑死自己的蚊子

文 / 梅若雪

贪婪是许多祸事的原因。

——伊索

“人是一点灵魂载负着一具肉体”，“来自命运的东西并不脱离本性”。这是摘自《沉思录》一书的句子，该书中如这样朴实却直抵人心的句子非常多。

由《沉思录》中这样的句子想到了蚊子。

一直以来，人们皆以为当暴雨来临时，蚊子和蜻蜓、蝴蝶一样，躲藏在雨淋不着的地方。美国佐治亚州理工学院的一位叫乔治·库克的工程师对这一说法表示质疑，日前，他借助于高速摄影机，对暴雨中的蚊子进行了观察。果然，暴雨来临时，蚊子并不是藏起来，而是迎着暴雨自由地飞行。

雨滴落在蚊子的身上，它们为何一点也不在乎呢？通过进一步观察，得知雨滴之所以不能将它们砸翻，就在于雨滴的重量是蚊子的 50 倍。也就是说，因蚊子自身的质量轻，不能与雨滴形成猛烈撞击。

不过，乔治在进一步观察之后，发现蚊子也有被雨滴撞翻甚或砸死的情况，这就是它们在刚刚吸了血的时候。一只蚊子吸血后，体积会膨胀好几倍，再遇上沉重的雨滴时便会被砸得血肉横飞。蚊子的命运就这样被它的贪婪改变了。

蚊子究竟有多贪婪？在吸血时，被吸血的人要是将叮咬位置附近的肌肉收缩或拉伸，这时拔不出喙的蚊子会不停地吸下去，直至将自己撑死。

再回到《沉思录》。

我们知道，《沉思录》是由古罗马的一位皇帝——马可·奥勒留所写。这位皇帝在位的时候，战争频仍，瘟疫流行，甚或地震也频频来凑热闹。但不少历史学家仍将那个时期评定为最适合人类居住的时代之一。

人们也许以为，这样的评价是得益于《沉思录》这本书。其实，奥勒留的德行不仅仅体现在脑海中与纸张上，而且在一举一动中也表现出了他的光明磊落和慈悲为怀。打起仗来，他总能身先士卒，在物质极度匮乏的时候，战士不吃，他绝不会先动刀叉；战士不饮，即使他渴得口中冒烟也会忍着。有人兵变夺位，在主谋被杀后，奥勒留即下令焚烧了兵变的所有材料，不再追究参与叛乱的人。他还大力兴办慈善事业，让饱受战乱之苦的人得以温饱。

经过奥勒留的励精图治，国家终于得到振兴。

可谁也想不到，奥勒留去世后，继承皇位的康茂德，竟然是一个昏庸无道之人，一万多人被他残忍杀害。比如，他让人与他角斗，自己手持利刃，却只允许对方拿着木棍之类的东西。而且哪怕是对方伤了他一点皮肤，他也要杀害对方的全家。每次角斗，他都让国家支出巨额费用，致使国力空前虚乏。

康茂德在执政十多年后被属下暗杀，古罗马从此分崩离析，进入割据混战时代，五贤帝开创的黄金时代一去不复返了。

也许有人会说，此是康茂德自作孽。其实，这是他的父亲奥勒留留下的祸根。古罗马实行的是“禅让”制，奥勒留的皇位就是由安东尼“禅让”给他的，他却破坏了“传贤不传儿”这一美好传统，将皇位传给了儿子康茂德。

两千多年后，《沉思录》依然被视作哲学经典，影响着千千万万人，甚或许多国家的一代又一代领导人。但奥勒留这位“近于完美”的皇帝，在选择继承人上，却让私欲占了上风，致使儿子康茂德嗜血成性，不惜一切来满足自己的贪欲，不仅使得康茂德被历史所唾弃，也危害了国家与人民。

奥勒留这段历史，给人这样一种警示：一个人心灵的强大毕竟是有限的，纵使如奥勒留这样具有“文韬武略、宅心仁厚”的人。倘要让世界上少一些“撑死”自己的“蚊子”，必须靠健全的法律与制度，并辅之以完善的教育。只有这样，才能让更多的灵魂真正“轻”起来……

载于《思维与智慧》

生活，是追求在心路上，被走成欲望；人生，是磨难在枝头上，被晾晒成了坚强；背上行囊，就会负累；放下包袱，就会快乐，无论走过多少坎坷，简单的日子，总有快乐，一方陋室，亦能心境自如；一壶淡茶，仍品恬淡生香。

圣无死地，贤无败局

文 / 张艳君

善良的心地，就是黄金。

——莎士比亚

有一位远房亲戚，我称她为表姐。她开了一家无纺布加工厂。这种企业产品技术含量不高，在我们这地方开办的人挺多，竞争激烈，一旦市场有变化，便纷纷有企业倒闭。可表姐的厂子却越来越红火，竟成了地方同行业中的龙头老大。

作为工业综合协调部门的一名干部，我要去发掘她这家企业的闪光之处，好发一期简报，以期能给市内一些企业家某些启示。那天去得不巧，没有见到表姐，接待我的是厂办公室陈主任。闲聊中，陈主任给我讲了有关表姐的两则小故事。

前年春节后，一天，陈主任和表姐一同到车间视察。二人来到原料车间，他们看见一个员工在熟睡。陈主任刚要发火，表姐则示意他不要吓着那个人，自己弯下腰，轻轻将睡着人的摇醒，并对这位睡眼惺忪的员工说："初春寒气尚重，这样睡会生病的。"又询问他："你家中出了什么事吗？你能告诉我吗？"

这位员工一见是老板，一阵羞愧，说："前不久，我母亲下地劳动，过一个坎时不小心摔折了腿，弟弟还在外乡流浪未回。"待他说完，表姐说：

“你去工作吧。”

第二天，表姐叫陈主任到这位员工家去做家访，事实果然不差，表姐于是安排了一名女职工去照料他的母亲。

陈主任不解：“你当时怎么就能料到他家中有事？这样一个普通员工，为何要如此对他照顾有加？”表姐说：“哪有一过完年刚刚开工就大白天在车间睡觉的？这一定是由于心情极度郁闷造成的，所以应该同情他。再说，他是一个孝子，对父母尽孝的人，一定会是一个忠于企业的人。”

这件事不仅让表姐在员工中有了好口碑，而且让人信服的是，表姐后来让这位员工去做销售，他总能处处维护企业的利益，果真创出了最好的业绩。

还有一个故事是，去年底的一天，陈主任正在办公室处理一桩事情，忽听门外一阵喧闹声。出门一看，是一个有一两次来往的客户。一位业务员上前对陈主任说：“他上次赊了一批货，我向他催讨过几次，说好了今天来还钱的，可他不仅分文未带，而且要继续赊一大笔货。我不同意，他便破口大骂，有这样不讲理的吗？”

虽然那人不说话，可仍然是一副气势汹汹的样子。

陈主任正要打电话让保安将他轰走，这时表姐来了。她从容地对那人说：“兄弟，你一定是遇到难处了，你不用发愁，我会让你过一个好年的。”可那人一见到是表姐，不由分说，上前就在她脸上扇了一巴掌。表姐一愣，随即赶紧吩咐陈主任：“快叫我的司机来，送他上医院！”

原来那人本来是小本经营，可经营不善，债务累累。看着别人热热闹闹准备过年，他的心情特别糟糕，他又有着慢性病，于是过量服用了一种毒性很大的药片……

事后，有人问表姐：“你为什么能预先知情而容忍他？”她回答：“大凡无理来挑衅的人，一定是有所仰仗的。他那天居然动手打我，我便立刻意识到他这是以身体做最后一搏，用这种自以为有心计其实是挺笨的办法来讹一笔钱。不过，我相信他是偶尔鬼迷心窍，你对他好，他也会知恩图报。”

果然，事后这位客户非常悔恨自己一时糊涂，感谢表姐救了他一命，为他付了不菲的医药费，还为他家送去了过年钱。他四处现身说法，一时间，全市同行业几乎所有的客户都愿与表姐打交道。

有人说表姐会料事，也有人说她会识人。她却说：“无论是识人也好，料事也好，无不要能在细节之中预见坏事的苗头，能从纷繁之中察觉出吉祥的兆头，而这一切，皆要设身处地为他人着想。故古人说，‘圣无死地，贤无败局’。我虽然不是圣贤，但要以圣贤为榜样，不断完善自己。”

我认为，她会识人，会料事，皆因她有着一颗善良的心。一个心存善念的人，也就会心明眼亮，也就会拥有一双识人料事的火眼金睛。

载于《思维与智慧》

心怀孝道，心怀善良与感恩。如此才能以德服人，生意才会越做越大，路才会越走越广！

让心中拥有一片湖

文 / 段功蔚

做君子就是要做最好的自己，按照自己的社会定位，从身边做起，从今天做起，让自己成为一个内心完善的人。只有内心真正有了一种从容淡定，才能不被人生的起伏得失所左右。

——于丹

邂逅一首好诗，如同在春之暮野邂逅了一个曼妙女子，巧笑倩兮，美目盼兮。邂逅一处美好的湖泊呢？哦，请不必去邂逅，来让我们心中拥有一片湖吧！

在心中拥有一片湖，这片湖是俊雅而芬芳的。

湖水上，千舟竞发，百舸争流，船是生命的摇篮。而湖水是万物的琼浆玉液。水孕育一切，诗意化一切，一根稻穗，是一曲童年的歌谣；一根水草，是一个少年的故事；一条鲜鲤，是舌尖上永远抹不去的记忆。湖水不倦地流淌，小旋涡似一朵朵水青色的小莲花，开在颇具禅意的湖面上，它们与从湖底泥中长出的芦苇、荇草等，左右环绕，前后映带，从而让我们懂得雅致的生命原本是要相互映照的。

丰子恺曾经说过："人的生活可以分为三层，一是物质生活，二是精神生活，三是灵魂生活。"把自己全身心地融在大自然，如投身湖泊的质朴怀抱中，无疑是在尽情享受灵魂生活。

的确，有人说，湖水的温柔平静，仿佛只为那些愿意为它静坐、发呆、思考的人们所用的。“湖畔小憩好惬意，心可不必为形役。坐到物我两忘时，荷底清波滤根泥。”面对青绿的湖面，心中的许多纠结会自行化解，还我们一个被时间、被清风清洗过的宁静洁净心绪。

湖水蕴含着强劲而含蓄的自然之力，用一轮新的涟漪，一种平静的呼吸，一种轻漫的回音，吸纳我们所有负面的东西，让我们的灵魂散发着悠远而绵长的芳香。

湖水不语，在你闻得甜味时它会给你送来香，在你掬起涟漪时它会给你送来风，令你感到湖光水色是如此悠长邈远，宛若一张硕大的网，捕捞着太阳之下你心湖之中的银鱼金虾，令你的心灵丰赡富有。

在心中拥有一片湖，这片湖是疏淡与浓郁的。

“归棹晚，湖光荡，一钩新月”，它会让我们的心灵如橙黄新月下酣睡般宁静。宁静是疏淡的，是心灵之舟的港湾。一个人倾心于风轻云淡、波澜不惊的静谧，但也会向往风狂雨暴、湖水翻滚似墨的激情。不经行路坎坷颠簸，怎能面对风云变幻诡谲？激情是浓郁的，它让我们的人生舟楫时刻准备着，去汪洋恣肆中冲撞、奋进，让我们奔腾的脚步永不停歇，进取的心灵永不沉沦！

“铁马晓嘶营壁冷，楼船夜渡风涛急”，在心中拥有一片湖，令我们豪情满怀——金戈铁马，呼啸雄风，汹涌，莽莽苍苍，万千气象。面对这大气、大美、大雅，正气、正宗、正道的综合与极致，我们不免生出敬畏之情，体悟出自我的微忽与渺小。在低回、自省、内忖中，合理定位出自己的人生坐标，按照适合自己的轨迹脚踏实地一往无前。

让心中有一片湖，你也许早已神游到了嘉兴南湖，看到湖面上的一条画舫，是历史选择了这样一条小船，从此，风生水起，河山萦带，五千年的中国古船终于有了新的罗盘，以一种共同的理念，连接着赤子的血脉，来一同托起一个中国梦。

湖是多元且永恒的，它既沧桑严峻，又天真无邪；既浩浩荡荡，又从容不迫；既晶莹有致，又错落有序。它让我们懂得宇宙是复杂多变的，倘若以蹇涩拘泥的眼光看世界，即便是万顷心湖也会干涸。

湖从遥远的亘古奔涌到五彩缤纷的现代，又不停脚步奔腾到更遥远的未来。生生不息，永无止境，此是生命的魅力之所在，也是湖泊的魅力之所在。

载于《思维与智慧》

做从容的自己，得来欣然，失去坦然，出得市井，见得南山。做优雅的自己，犹如天边那抹流云，虽经烟火，却不染纤尘，于文字中觅得安稳。在人心潦草里，给自己留一份妥帖。唯愿时光无恙，一切安好。

每次只追前一名

文 / 春秋

人生中最重要的不是位置，而是前进的方向。

——冯宇学

一个女孩，小的时候由于身体纤弱，每次体育课跑步都落在最后。这让好胜心极强的她感到非常沮丧，甚至害怕上体育课。这时，女孩的妈妈安慰她："没关系的，你年龄最小，可以跑在最后。不过，孩子你记住，下一次你的目标就是：只追前一名。"

小女孩点了点头，记住了妈妈的话。再跑步时，她就奋力追赶她前面的同学。结果从倒数第一名，到倒数第二名、第三名、第四名……一个学期还没结束，她的跑步成绩已到中游水平，而且慢慢地喜欢上了体育课。

接下来，妈妈把"只追前一名"的理念引申到她的学习中，"如果每次考试都超过一个同学的话，那你就非常了不起啦！"

就这样，在妈妈这种理念的引导教育下，这个女孩 2001 年居然从北京大学毕业，并被哈佛大学以全额奖学金录取，成为当年哈佛教育学院录取的唯一一位中国应届本科毕业生。她就是朱成。其后，朱成在哈佛攻读硕士学位、博士学位。读博期间，她当选为有 11 个研究生院、1.3 万名研究生的哈佛大学研究生总会主席。这是哈佛 370 年历史上第一位中国籍学生出任该职位，引起了巨大轰动。

希华·莱德是英国知名作家兼战地记者。二战结束后，他谋到了一个写广告剧本的差事。出于信任，广告商并没有跟他签订什么合同，也没有明确规定他一共需要写多少个剧本。平心静气的莱德一直不停地写，竟然一口气完成了2000个广告剧本，这个成绩令世人震惊，甚至连他自己都感到十分意外。而如果当初广告商要与他签订合同的话，别说是2000个剧本，就是1000个，他也会退避三舍。

世界著名撑竿跳高运动员布勃卡有个绰号叫“一厘米王”，因为在一些重大的国际比赛中，他几乎每次都能刷新自己保持的纪录，将成绩提高一厘米。当成功地跃过6.15米、第35次刷新世界纪录时，他不无感慨地说：“如果我当初就把训练目标定在6.15米，没准儿会被这个目标吓倒。”

把目标降低到“一厘米”，把期望缩小到“一个剧本”，分时限、分阶段去实现人生的抱负，让孩子放下包袱，轻装上阵，集中精力做好今天，做好当前，继而稳扎稳打，满怀信心地走向明天，走向未来。

“只追前一名”，就是所谓的“够一够，摘桃子”。没有目标便失去了方向，没有期望便失去了动力。但是，目标太高、期望太大的结果，不是力不从心，便是半途而废。明确而又可行的目标，真实而又适度的期望，才能引领人脚踏实地，胸有成竹地朝前走。

“只追前一名”，是一种人生的跨越，不仅需要智慧，更需要胆识。

载于《少年天地》

许多人在做事的时候，喜欢列一个庞大的计划，写下不切合实际的目标，但是超越了自己的能力范围，最后不得不愤愤放弃。这给我们一种启示，只追赶离你最近的目标，一步步超越，这样你才会走得更远。

成功三要素

文 / 张宏涛

命运是一件很不可思议的东西。虽人各有志，往往在现实里会遭遇到许多困难，反而会使自己走向与志趣相反的路，而一举成功。我想我就是这样。

——松下幸之助

没有人不想成功，那么成功需要具备什么条件呢？很多人说需要努力、有贵人相助、有天才，等等，也许看了下面这个小故事，你会有新的看法。

这是一个真实的故事，2013 年初，英国男子肯恩带着自己的小狗去海滩散步。海滩上人很少，因为不是周末，但失业的肯恩却有大把的闲暇时光。走着走着，他的小狗突然不走了，开始在海滩上挖洞，好像要找什么东西。肯恩不赶时间，所以就放任他的小狗在那里扒来扒去，自己远远地看着附近的海滩，思考着自己下一步要找什么工作。半个小时后，小狗“汪汪”地叫了起来，而后噙了一块黄色的像石头一样的东西跑到肯恩面前邀功。肯恩差点儿吐了，因为那个物体非常臭。莫非是晒干发硬的大便？肯恩仔细看了一下，发现不是大便，那是什么呢？肯恩好奇心很重，就带着这块臭臭的石头回了家，网上一查，居然是珍贵的“龙涎香”（抹香鲸的呕吐物或排泄物，是世界上最名贵的香料）。当即有法国商人愿意出价 5 万英镑购买，肯恩拒绝了，他找专家一验，专家指出，这是一块很新鲜的“龙涎香”，价值最少 11.5 万英镑（约 115 万人民币）。肯恩瞬间从赤贫成了小富翁。

肯恩发财的原因是什么？可能很多人会归功于“运气”，但为什么肯恩能如此幸运呢？其实还是归功于成功的三个要素：闲暇、自由、好奇心。这三个要素是两千多年前的大哲学家亚里士多德总结的，他的原话是：“哲学和科学的诞生需要三个条件：闲暇、自由和好奇心。”这三个要素其实也是成功所必备的条件。试想：假设肯恩没有闲暇时间，他又哪里会去海滩遛狗？假设他没有自由或者不给狗自由，又怎么会放任小狗在哪里挖洞半天？如果他没有好奇心，只怕会认为那是大便或者一块其貌不扬的臭石头罢了，又怎么会去查它到底是什么？那即便龙涎香到了他手边，他也会丢掉。

古今中外的成功者其实都具备这三个要素，最著名的莫过于牛顿和瓦特了。牛顿看到苹果落地，于是发现了万有引力，可如果牛顿是个匆匆忙忙的上班族，哪里有闲暇思考苹果为什么会落地？如果他没有自由的思想，就会认为一切都是上帝决定的，也就懒得想了。如果他没有好奇心，他就会与普通人一样，对苹果落地熟视无睹。正是他具备了三要素，才最终发现了17世纪自然科学最伟大的成果之一万有引力。瓦特也一样，正因为他有闲暇、自由和好奇心，才会有时间不断思考为什么壶盖会被顶起来，从而发明了引发工业革命的蒸汽机。

亚里士多德说，“闲暇出智慧”。一个整天忙着做事的人如同天天割麦却没有时间磨镰刀的农夫一样，是没有精力来思考如何进步的；自由则是想象力产生的基石，如果一个人被权威的结论所束缚，无异于剪断想象力的翅膀；好奇心更是一个人主动去探寻真相的动力，没有好奇心，就会拒绝接受新事物。如果还没有成功，请自问一下：“你是在穷忙吗？你具备成功三要素吗？”

载于《才智》

成功没捷径，做事有方法。当你屡屡碰壁的时候，你是否考虑过自己是不是方法欠妥当。及时改进，将对你有很大的帮助。

第五辑

与尘世握手言欢

渐走渐深的夜，与一些有着体温的往事一而再地重逢。且许我浮一大白，和尘世握手言欢，心随浮云，意赋花开，从此以后，让快乐成双。

Zui Meiwen

执着与固执

文 / 张宏涛

你应将心思精心专注于你的事业上。日光不经透镜屈折，集于焦点，绝不能使物体燃烧。

——毛姆

众所周知，“执着”是褒义词，“固执”是贬义词，但除此之外，还有什么区别？很多人都说不清楚，因为执着和固执都是坚持己见，不听从别人的意见。

有人笑称：“如果最后你成功了，那你就是执着；如果失败了，那你就成了固执。”但两者的本质差异到底在哪里呢？一位心理学家告诉我：“执着的人，坚持的是自己的方向和目标；固执的人，坚持的则是自己的情绪和做事的方法。”这句话让我豁然开朗。

我想起了一些朋友，他们属于执着的人，因为他们心中有梦想。他们是为了实现心中的梦想，才不受他人意见的左右，坚持倾听内心的声音，走属于自己的路。他们坚持自己的梦想，但并不死板僵化，他们会根据实际情况采取灵活多变的办法去追逐自己的梦想。他们也会适当妥协，但为的是迂回前进。执着的人，执着的是目标，不是实现目标的手段。他们遵循梦想的指引，而不是受情绪的控制。

固执的人，则是受情绪左右，他们坚持的是自己的手段，而不是梦想。甚至，他们常常没有梦想，也不会将眼光放得长远，他们只是受当下情绪的控制，非要按照某种僵化的方法来做某事不可。

比如，有个人在野外走路的时候，不小心撞到了拐角处的一堵墙上，这堵墙是个荒废的宅子的墙。他大怒，想要把墙给拆了再离开。但是拆墙的时候，他发现这面墙特别结实，同伴劝他放弃，劝他绕路，劝他架梯子过去，他都不同意，他非要拆了墙再离开，这就叫固执。另一个人也在拆墙，但他拆墙是因为他知道墙那边的地下埋着很多金子，只要把墙拆了，就可以得到金子。他是有目标（或者说梦想）的，他不会拘泥于拆墙这种办法，只是他尝试过架梯子，但墙太高；也尝试过绕过去，但四面都是墙，都一样坚固，他只好继续拆墙。虽然一样是拆墙，但这就叫作执着。

又比如：两个人同时见到一只兔子撞死在树上，从此，一个开始守株待兔，另一个则不拘泥于死等，而会同时采用挖陷阱、用网、弓箭等多种办法来捉兔子。前者坚持的是捉兔子的手段，所以叫固执；后者坚持的是捉到兔子的目标，他的手段更灵活，所以叫执着。

同一个人的同一种行为，在不同的时段也会有固执和执着之分。有个人曾经力排众议，坚持要生产一种人人都能买得起的质优价廉的汽车。虽然多次失败，他也不改初衷。后来，他终于成功了，他改变了美国人的生活方式，他就是世界上第一个使用流水线大批量生产汽车的汽车大王福特，这个阶段的他无疑是执着。但十多年后，当汽车已经在美国普及，这种质优价廉但造型不够豪华、舒适度不高、动力不够强的汽车已经无法满足人们日益提高的品位追求了。亲人们都劝他转型升级，生产更符合人们审美品位的新款汽车时，福特却拒绝了，还是坚持生产让他成名的 T 型车，几年后，福特公司的效益越来越差，被通用公司一举超越，福特公司各地的工厂也一度关闭半年之久（直到几年后推出的新车型才重振声威）。这个阶段的福特，无疑属于固执。为什么会这样呢？我想也许是一个人对自己的习惯行为、观点等都会有感情（特别是过去的经验让他成功过），当被别人否定时，就会陷入不良的情绪里，然后不自觉地就变固执了。

当你坚持己见却遭遇众人反对的时候，要先想想：你是在坚持梦想，还是在被情绪所左右，在坚持某种手段？分清执着和固执，更有助于你做出正确的选择。

同样，当孩子坚持己见的时候，我们要先弄清楚孩子是执着，还是固执？如果是前者，要鼓励，不要打击；如果是后者，要设法委婉地引导孩子，不被情绪左右，把目光放长远，用更灵活的方法去实现他的目标。

载于《才智》

执着使你永不停息地前行，固执却使你蒙上了自己看路的眼睛，适当变通，收获颇丰。

金香炉

文 / 赵丰超

愿每次回忆，对生活都不感到负疚。

——郭小川

祖父平生只有一张照片，黑白的，三寸，毛边，被父亲镶在镜框里。他戴着眼镜，穿着长衫马褂，像个古董。

祖父若还健在，早已经是过百岁的人了。我无缘见他一面，只能从父辈那里听些相关的传言，倒像是隔世的传说了。

祖父在民国时曾任过要职，是极体面的人。可他不惯在官场里沉浮，中年时就卸去公职，回乡务农了。虽曰务农，祖父却不比旁人，他是不曾真正下过田地的。大抵见过大世面的人都喜欢保持自己体面的样子，祖父平素只穿长衫，若换中山装时，必须熨出笔直的褶痕，他才肯穿。无论冬夏，即便居家闲住，他也从不随意解开一粒纽扣。脚下永远是洁净的白袜布鞋，好似从不曾沾过泥土一样。

祖父毕竟是见过大世面，又有大学问的人，回到农村也与普通农人不同。他好读书，从不轻易见人，倒像一个脱俗的隐士。只是他见不得新式的事物，有恋旧的癖好。在旁人看来，就不免带了遗老的习气。只要是年代久远的东西，他是一律照收的。若东家有块庙门上的匾额，他便用米去换；若西家有张破败的木雕，他则用钱去买。有次竟偷偷支了八担芝麻，到河间张姓人家换回一张吴昌硕的小画。祖母极厌烦他的固执，几乎要闹出人命时，祖父才发现家里确已家徒四壁，再无长物了。

不过祖父并未改掉“喜旧厌新”的“恶习”，反而一发不可收拾，终于背着祖母卖掉了那座极好的宅院，只为换得一个宣德年间的纯金香炉。据老人们说，那时候有一位收藏家叫张伯驹，在京城里散财护宝，极负盛名。祖父就是受了他的影响，执意要做个真名士，却未想过自己是个农人。当他见到那座香炉时，直瞪眼睛，品嘛许久，认定那是难得一见的宝贝，愿意把所有藏品贡献出来，只换一个香炉。但祖父“好古”不假，所收得的东西却参差不齐，多是寻常器物，并不值钱。对方说，若要换时，只需拿宅院来换，别的法子都行不通。到了这个份儿上，祖父早是箭在弦上，八匹大马也拉不回来的。他一咬牙就交了地契，把香炉抱了回来。

事后，祖母虽大闹了一场，千万个不愿意，却挽不回什么。只能带着一家十几口人搬进了一所破院里生活。祖父没有了专备的书房，只能在院子里晒太阳、作画，反倒安生了许多。他喜画钟馗，每日在院中摆设一案，在那只纯金的香炉里焚了香才肯下笔。时间久了，竟有好些人慕名求画，祖父却从未应承，一一都推托出去。父辈们问时，祖父却说他只会画钟馗，并不会别样。其实大家都能猜到，祖父是怕别人看到他的香炉。他也并不管家中的生计如何，任由贫穷下去。

不过世事难料，祖父的“恶习”倒因祸得福了呢。解放后，凡住在大宅院里的乡绅都被“斗”了，凡家有良田的地主也被“批”了。此时一贫如洗的祖父被划为“贫农”，反而得到集体的保护，保全了一家老小。那时，祖父就抱着他的香炉得意起来，仿佛早就算准了这一天，把香炉擦了又擦，每夜必须拥炉而卧才能睡去。祖母倒也不管，反而暗暗佩服他的眼光。那时他们都是知天命的人了，脾气渐渐小了，家里便和睦起来。只是祖父祖母都不适应新式的农村生活，过于集体化的生活方式太压抑。那时候的农村是容不得闲人的，一个人不去上工，就挣不来公分，挣不来公分就分不到粮食，就要挨饿。祖父的隐士生活遇到了困境，再也不能躲在破院里作画。但是祖父并未逃避，他开始学种地，每日跟在祖母身后，依样画葫芦，不久就得心应手起来。在最饥寒的年代里，他们反而更坚定了。祖父时常拉住祖母，指着纯金的香炉说："这是个宝贝，能救我们一次，也必能救我们两次。"他们凭着双手活了下来，且把父辈们照看得很好，确是不易的。

祖父只活到58岁，夺去他生命的并不是饥寒交迫的年代。那年，红卫兵闯进村子，凡是见到上了年头的东西是一律要砸的，无论是艺术的，还是实用的，都逃不过他们的"法眼"。这家带着门神画的大门被卸去，那家雕有龙凤的窗棂被砍断，装盐的瓷瓶被敲碎，新绣的花鞋被剪破。整个村子被破坏了，所有的人都吓坏了。

祖母拼着身子跑回家，见祖父正把玩着那只香炉，便一把夺了去，掷进院后的茅厕里。祖父还未回过神时，红卫兵已经追进院子。他们一眼见到祖父的长衫正晾在绳上，就认定祖父是"顽固的文人"，决计要将他"打倒"，于是剪了黑白无常似的帽子，戴在祖父头上，又给他的胸前挂了牌子，拉到村口批斗去了。祖母再返身时，已经迟了。她跟到村口，哭喊着扑向祖父，却被红卫兵推了一个趔趄，倒在路边。

十几天后，祖父看着满地被撕得粉碎的画，再也不堪凌辱。他把我的父亲叫到面前，交代他到茅厕里取出香炉，趁夜埋在屋后，之后便于那夜悬梁自尽了。

祖父死后，祖母是极痛苦的，常于夜间惊醒，提着木棍到茅厕里划拉。这或是她对祖父的想念，只是不敢真将香炉掘出地来，那香炉也就长久地眠在地下了。时间久了，再也没有人提起此事，只做心中的一个想念罢了。

许多年过去后，世事早已变了，再也没有红卫兵的打砸了，日子也渐渐好了起来。有一次祖母不知又想起什么，拄着拐杖要父亲把香炉掘出来。父亲却似忘了，猛然想起那只香炉，就带着酸楚的回忆翻腾起来。他默默拿了铁锹，找到当年做下的印记，就下了手。祖母一直立在旁边看着，也是默默无声。

可是父亲足足掘了一夜，周遭与更深处几乎都挖遍了，也未看到香炉的影子。父亲极失望地望着祖母，疑心被人盗了。

祖母却说："人说家道败落的人家埋下的金子是会走的，怕是真的吧。"

载于《新青年》

岁月流转，时光变迁。许多事情都离我们越来越远，包括亲人的温暖笑脸。就这样吧，因为他们，我们才能走得更加沉稳。

满地绿豆苗

文 / 赵丰超

真理唯一可靠的标准就是永远自相符合。

——欧文

许多年后我仍能够记起，那一小撮葱郁的绿豆苗。它在我的记忆中生根发芽，远比在泥土里深远茂盛。每当我在现实中看见狡诈的事实，便会想到那撮绿豆苗，它能教我真诚且不自欺。

在我十岁时，有过一次陪父亲去种绿豆的经验。那时我们的家乡遭了大水，洪水退去后，田里积了一层厚厚的泥淖。我们不等泥淖干涸，便要趁它松软时就将种子直接撒上去，深陷在泥淖之中。这样就免去了再翻土耕地的麻烦。

当时我提着种子，站在地头边过膝的泥淖中，看着父亲在淤泥中移动，来来回回地把种子撒下去。可是，我却没有注意手中盛满种子的碗，就在我的疏忽中绿豆撒了一地。光滑圆溜的绿豆一落地便陷进了软如豆腐脑的淤泥之中。我慌忙去捡时，却只抓了满手的稀泥，显然已经弄不回来了。

我父亲是极严厉的，我至今都感激我的父亲曾那样严厉地管教他唯一的儿子。我犯错时他会痛斥我，甚至鞭打我。在他去世之前的孱弱时光里，依然那样严厉地对待我。

我怕被父亲看见撒在淤泥中的绿豆，更害怕被他责骂。幼小的我是极惧怕父亲的。我在心里暗说，父亲如果问起我，我便死不承认，只说没曾撒落一点。然后我又将撒落绿豆的地方抚平，看不出一点痕迹。

父亲回来取种子时果然问我是否撒了，因为他一眼便看出种子少了。而我却只死死说不曾撒，况且父亲也记不清原先到底有多少种子。他没有再说什么，拿了种子便又往远处去撒。我想这一关算过去了，那时我还不知道自己做了一件多么愚蠢的事，心中暗自庆幸。

大概是三天后，我陪父亲又去那块地，看看种子的出苗情况。刚到地头边上，父亲便已经看见了，在我曾站立的地方长出了一堆葱郁的绿豆苗，格外碧绿显眼。那不就是我那日撒在泥中的绿豆吗？我曾多么肯定，信誓旦旦地说不曾撒过啊！尽管当时我尚年幼，却依然觉得满面发烧，头也不敢抬一下。父亲指着绿豆苗说："你还说没有撒，又说谎了吧。"然后就没有再说什么，大概他已经看到我通红的面庞。

尽管那次父亲并没有再骂我，可我却永远记住了那一撮绿豆苗。

它让我明白了，不管我怎样巧妙地欺骗了别人，欺骗了自己，又如何欺骗那亘古不变的自然规律和那不证自明的不争事实呢？

无论我多么巧舌如簧，那绿豆却是只要一落地就会生根发芽的啊！这就是亘古不变的自然规律，那满地的绿豆苗不就是不证自明的不争事实吗？我想最终受骗的，也是最悲哀的，难道不是我自己吗？哪怕我能将天说成地，哪怕别人也都相信了。可是，那天不还是天，地不还是地吗？我做的难道不是在自己欺骗自己？

其实，在真理和现实面前啊，任何伎俩都是苍白无力不攻自破的。

载于《新青年》

人总会长大，那些自以为是的小伎俩总会被生活证明是多么拙劣。不过，这有什么呢，当时还是孩子，人不都是这么过来的吗？

浮躁最终败给了安静

文 / 韩青

知止而后有定，定而后能静，静而后能安，安而后能虑，虑而后能得。

——《大学》

一

班里有两个这样的学生：一个浮躁得不得了，一个安静得不得了。无论课上课下，前者都一样的顽皮、好动、聒噪，而后者却都一样的安静、寡言、喜欢思考。

浮躁的，人见人烦；安静的，人见人喜。

浮躁的，从来都没考过安静的。准确地说，浮躁的，几乎都是榜尾；安静的，几乎都是榜首。真正的天壤之别。

浮躁最终败给了安静。

二

办公室里几个同事，多数都喜欢热闹，他们除了完成工作任务之外，几乎所有的时间都用在闲聊上。

而两名年轻的同事却不跟他们闲聊。有闲时，他们都在学习，准备考公务员。最后，他们两人都考上了。

理想在安静中开花。而那几个同事，依然在那里叽叽喳喳地“指手画脚”，仿佛那就是他们想要的“江山”。

三

一次，跟一位诗人朋友聊天，他说：“我比较得意的诗作几乎是在心情不是很好的情况下写出来的。相反，心情特别好的时候却没有一点儿灵感可言。”

也许，这只是他个人的体验而已。但是，他的话还是给了我一些思索。

一般而言，心情有点悲伤，人会更安静，这时的思考也会变得深刻，相反，心情特别好的时候，人会变得浮躁不安，这时的思考也会变得肤浅。

深刻往往代表一种深度，而只有有深度的心灵，才能结出思想的果实。

四

一位读者朋友在我博客里给我留言：“韩老师，读您的文章，感觉您是特别安静的人。”我的回复是：“我也曾浮躁，但是，我最终还是选择了安静。”

没有安静，我不会写出一篇文章；没有安静，写手、作家的头衔都会与我无缘。

感谢安静。

俗语说，热闹的大街不长草。浮躁的世界里连草都不长，还奢望什么庄稼与硕果呢？现实就是这样。一个人要想有收获、有成就，就必须用自己的安静去击败自己的浮躁。

载于《思维与智慧》

每个人都应该有自己独处的时刻，这时刻弥足珍贵，一切有利于你发展的思考都是来源于这个时候。

演奏好自己的“主旋律”

文 / 青果青成

为了生活中努力发挥自己的作用，热爱人生吧。

——罗丹

斯宾塞曾说：“时间有限，不只是由于人生短促，更由于人事纷繁。我们应该力求把我们所有的时间用去做最有益的事情。”这话引起了我的深思。走到今天，已过不惑之年，回头想想，自己做了多少不该做的事，说了多少不该说的话，伤了多少不该伤的人，走了多少不该走的路……一言以蔽之，很多的精力、时间都花在不该花的地方。富兰克林说：“宝贝放错了地方就是废物。”照此说法，自己很多的宝贝都被自己当废物扔掉了。他还说过：“时间是构成生命的材料。”从这个意义上来说，我岂不是在浪费、糟蹋生命吗？

一个没有思想或思想浅薄的人，注定会做一些不该做的错事、傻事的。正如古人所说：浅水大鱼不游，浅土大木不长。由于自己的不足，南辕北辙、缘木求鱼的事情也时有发生。这样做的结果得给自己造成多大的伤害、损失？有些事情，一旦错过了，可能就造成终生的遗憾和伤痛，因为人生从来都不出售回程票，一旦出发，就没有再返程的机会了。

所以，做最有意义的事情应是我们每一个人必须认真思考的命题。

五月天有句歌词叫：“有些事还不做，你的理由会是什么？”可能有些人会说，再等一等，过些日子一定认真去做某件事情。可是，过了一些日子，往往他把那件事早忘到九霄云外了。就是说，一些不做的借口、理由往往都是一些人不负责任的谎话。我有一个文友就是这样。他的文笔极好，可是自从出过一本诗集后就再也没有写过任何东西。但是，我们见面时，他都会说，我得把自己构思好的一部长篇抓紧写出来，可是这话说过无数遍了，就不见他的那部长篇问世。私下里，我们一致认为，如果他认真去写，按照他的文字功力，应该能写出一部较好的作品来。可惜，他把时间都用在出去游玩、喝酒上了。

所以说，任何借口、理由都不该成为我们的羁绊，应该说做就做，而且，那件最有意义的事应该是我们的首选，就像脚下那么多条路，我们要选择的，就是那一条最适合自己的。美国诗人弗罗斯特说："一片树林里分出两条路，而我选择了人迹更少的一条，从此决定了我一生的道路。"事实就是这样，选择得靠自己决定，而你选择的内容往往就决定了你今后的命运。所以，该做什么，必须慎之又慎，儿戏不得。

学者胡适说，人生本没有意义。就是说，人生如果有了一些意义，那都是我们赋予它的。一些事情本身也没有任何意义，就是因为有了我们的参与、付出，才有了结果、神韵、风采，而这些东西，又丰富了我们的生命，比如，那些传神的画、受人称赞的书籍、具有重大意义的发现、新发明，等等，这些都是一些人的杰作，这些杰作，让他们的生命变得饱满、闪亮、充满价值。做最有意义的事情，目的就在于此。

当然，人不是机器，需要必要的休息和停顿。在我们前进的过程中，我们会时不时地停下来喝喝茶、听听歌、赏赏花、读读书……做些看似无用的闲事。正所谓：有张有弛，事半功倍。白岩松喜欢看杨炼的诗歌，而诗歌看似跟他的新闻工作没有什么关联，但是他曾说早晚有一天，所看的内容会有用的。事实上，那些闲事、闲情，能调节心情、润泽心田、营养筋骨，进而使自己变得更强大、更精神，从而能把该做的事情做得更好。

所谓的闲事、闲情都是“小插曲”，而最有意义的事情就是你的“主旋律”，要把它演奏好，演奏到极致。

载于《新青年》

许三多说：“活着就是做有意义的事，有意义的事就是好好活着。”那么你呢，你的有意义的事是什么呢?

不急

文 / 寒青

泰山崩于前而色不变，麋鹿兴于左而目不瞬，然后可以制利害，可以待敌。

——苏洵

人很容易急。自己吃亏了、上当受骗了、利益受损了……每每此时，人就容易急。而急的下一步，就是跟人言语相讥、针锋相对、据理力争、针尖对麦芒，一番刀光剑影下来，往往两败俱伤。自己不但没有讨回真理，却又白白惹了一肚子气，赔了夫人又折兵。有时由于愿望落空了，人也跟自己急，跟自己过不去，结果只能把自己伤得遍体鳞伤。所以，遇事不能急。

人生如行独木桥，一急，就容易慌张，一慌张，就容易跌落下去，而桥下往往是急湍猛流或万丈深渊。人生亦如下棋。一着不慎满盘皆输。一急，就容易不慎，不慎，就容易招致惨败。

不急。只能不急。

唐代名臣裴度在担任中书令期间，有一次，正准备和属下一起喝酒，就在吃饭前，一名手下慌张地跑来告诉他，大人，您的官印不见了！众人一听，也都着起急来，但他一点也不急，笑着对大家说，官印不可能丢，一定是放在什么地方忘记了，等想起来了自然就会找到的，并吩咐继续摆宴喝酒，欣赏歌舞。在整个过程中，他谈笑风生，好像根本就没发生过丢官印的事一样。深夜，酒足饭饱之后，众人正准备散去，这时，手下兴冲冲地来汇报，说那个官印还在，没有丢。大家都不明白是怎么回事，他笑了笑说，我一想啊，就是下面哪个小官把官印拿去盖私章了，如果大张旗鼓地去查，他一害怕，可能就把官印扔到水中或是火里，那时就真找不到了。如果先不处理，他就会悄悄地把官印送回来。众人听了，都称赞他遇事冷静，深思熟虑。

如果当时他十万火急，那么就不会有失而复得的局面，就不会有惊喜激荡他的胸怀，取而代之的是不可挽回的损失和挥之不去的郁闷。

可见，不急是一种心态，一种智慧和境界。有着不急之举的美国作家斯蒂芬·金，堪称我们学习的楷模。

20 世纪 70 年代，他发了恐怖小说《魔女嘉莉》后声名鹊起。出版商里皮看中了他小说所含的巨大商机，对他说，只要你愿意写，我就会出高价买下你的小说版权。我敢保证，过不了多久你就会成为最富有的作家。他却答道，我还有更重要的事做！两周后，他写出一个短篇小说，用笔名投给了杂志社。文章发表后，他兴奋地拿给大家看。当时，里皮也在场，于是惊诧地问，你拒绝我就是为了腾出时间写这个小东西？他点点头。里皮忍不住为他算起账来，你的稿费是 700 美元，这点钱和水管工的周薪差不多，值得你这个大作家花两周时间吗？他答道："当然。"之后，他用三个月创作出《玉米田的小孩》，经里皮出版后大卖，赚了不少钱。里皮希望他尽快再写一部，可他却摇摇头，我得停下来再写个小故事。他不顾里皮的催促，花了三周又创作了一个小故事，等发表后又开心地拿给里皮看，里皮终于不耐烦地说，你可是个有名的大作家，发表个豆腐块文章还这么开心。他说，人最怕的就是被成功冲昏头。所以我总是提醒自己要回到原点，以新人的身份再去写稿、投稿，这样才能保持创作的激情。

急功近利、急于求成……往往都是小人之举，真正能成大器的人，不会如此慌张，因为他们懂得水到渠成、功到自然成的道理。这正好印证了《明心宝鉴》里的一句话：“小家做事慌张，大家做事寻常。”

你无论有多急，而每件事、每个事物都依然按照自己的速度前行。这就像两个人的约定一样，你早早地到了，而对方还没有到，你只能干着急，急着烦躁、抱怨甚至发疯……而就在你急的当儿，理智和冷静离你远去，而混乱和挫败则不请自来。

所以，不管你现在处境如何，不急，不急。要知道，不急者成事。

不急者犹如大海，经得起狂风暴雨的考验，而急躁者就像小水洼，就是一阵微风吹来，也能让他动荡不安。可见，要想做到不急，就必须拥有大胸怀和大境界。

载于《生活于智慧》

需要面对多少风浪，需要经历多少欺骗，我们才能学会去品这杯生活的酒？才能如此淡定从容？

台阶与人生

文 / 韩松

人生并不像火车要通过每个站似的经过每一个生活阶段。人生总是直向前行走，从不留下什么。

——刘易斯

一

那天，带着三岁的儿子去县政府见一位文友。当我们到了一楼大厅后，我本能地朝电梯间走去，儿子却手舞足蹈地向楼梯跑去。我知道小家伙酷爱上台阶，那就满足他的心愿吧，虽然要见的文友在九楼。

儿子紧紧地抓住楼梯一边的栏杆，一步一步地向上挪移着。看着他吃力的样子，我用手扶着他，想助他一臂之力，结果他不领这份情，稚嫩的肩膀晃动着表示拒绝。小家伙，原来想玩自立啊。

于是我就“袖手旁观”，走在他后面，眼睛却时刻盯着他，生怕发生什么闪失，毕竟他只是三岁的孩子啊。

其实，人生也是这样。以为别人会需要我们的帮助，殊不知，那只是我们的一厢情愿，费力还不讨好，也就是说该放手时就放手，给别人自立自主的机会，就像把天空交给鸟儿一样，给它飞翔得自由和快乐。

二

儿子也算是一个小胖子，当他吃力地到达四楼时，他那白皙的脸蛋早已变成了一个红扑扑的苹果。但他没有一丝一毫停下来的意思，一如既往地往上挪着，信心不减，热情不减。我把这叫作“向上的乐趣”。

其实，人生也是这样。只要有一个向上的目标追求着，生活就会洒满快乐的阳光，人生因此也变得温暖而美好。

三

儿子的额头已经渗出了细微的汗珠。看样子，儿子累得不轻。我有些心痛，想抱着他走一程，可是小家伙两手紧紧地抓住栏杆，表示拒绝和抗议。

我想起了英国思想家罗素。在20世纪30年代，有一次他在中国坐轿，他看到两个轿夫累得满头大汗，但他们谈天说地，有说有笑，于是他就问他们：“你们天天抬轿，不感到痛苦吗？”他们却说：“你看，我们不是很快乐吗？”后来他在《朴素的中国人》一书中写道：“不要自以为是地判断别人的快乐与幸福。”

其实，人生又何尝不是这样？

四

当我们到达六楼时，文友打电话催我，怎么还没有到吗？我说，你再等一会儿。

他又问我，你在哪里啊？我说，我在等我儿子。他不解，继续问我，你儿子在哪里啊？我说，在台阶上啊，他走得慢，我们没有坐电梯……

其实人生也是这样，需要等待，就像此刻，文友等我，我等儿子。而这彼此的等待多像这一层一层的台阶，连接着我们的默契、快乐与和谐。

这使我想起了一组漫画：第一幅画上是一个缺了一只角的圆，由于缺角而变得不灵活，只能滚一下停一下，因此走得很慢，但是它一边唱歌，一边欣赏路边的美景；第二幅画上还是这个圆，不同的是它找到了缺失的那只角，装上了角后，它再沿原路返回，可这次它却越滚越快，路边的景色欣赏不到了，歌也唱不成了。

我们就像这个圆一样，不停地在人生的道路上前行着，而等待就是那缺失的角，虽然看起来很碍事，占用了我们宝贵的时间，但是如果没有了它，我们的生活就会变得索然无味。

五

我们终于到达了九楼。这时儿子可能真的累了，他很听话地跟着我来到了文友的办公室。后来，我带着他坐电梯下楼时，他也没有“抗议”。可是我仍然在思索着台阶。

人生跟台阶多么相似啊，都连接着高处，而且每走一步都是进步，距离你的目标也越来越近。有谁不憧憬这样的人生？可是，人生又不同于台阶。罗曼·罗兰说：“人生不售回程的票，一旦出发，就绝不能返回。”而台阶可以自由地上上下下。因此，只有慎重地走好每一步，认真地做好每一件事，用心地珍惜好每一寸光阴，我们的人生才会远离遗憾与后悔。要知道，人生的台阶，只向前蔓延，绝不给你退路，哪怕仅仅是半步。

载于《思维与智慧》

人生就是单行道，不能复制，不能回头。我们能做的就是一直往前，不留遗憾。

小

文 / 周丽

自由之于人类，就像亮光之于眼睛，空气之于肺腑，爱情之于心灵。

——英格索尔

在众多的单音节词中，我偏爱这个字儿：单从字形上看，像极了身材曼妙的女子行走在风中，两侧裙摆轻舞飞扬的情景；读起来更像那戏台上女子婉转袅绕的唱腔，别有韵味；若是在其后附加些后缀也甚是玲珑好听，小巧，小美，小爱，小欢喜，小确幸，小家碧玉……

然而，最令我痴迷的，还是她的叠词：小小。无论是单独成词，还是后缀上一些长短句，都是那么的精巧美妙，都能将静泊在记忆里的那些事，那些人，一一打捞上岸。

夏日的黄昏，赶着一群鹅鸭在草地上踏青撒欢儿，是年少的我最沉醉的事。晚霞映红西方，仰卧青草间，醉看蓝天彩云，恨不能剪下霞云一角，团成胭脂，涂抹在自己的脸颊，让自己粉面含娇地楚楚动人。轻声哼唱从收音机里学来的曲儿，那歌词从喉咙里轻悠流出，宛若出水清荷般澄澈空灵：小小的一片云啊，慢慢地走过来，请你嘛歇歇脚啊，暂时停下来……徜徉在欢快的歌声中，彩虹似的梦慢慢浮起，渴望自己也变成云一朵，小巧地随风飘浮不定，自由自在地漫游空中，不识愁苦，不历苦痛，不闻悲忧。

当少年时光像一张泛黄的纸张，在记忆里日渐模糊褪色时，我已然长大，如一株植物默然素朴地长大。小学里同桌了四年的男孩自中学毕业一别，再无相见。如今的他工作生活在异国他乡。人各天涯，隔了山，隔了水，隔了光阴的岸，落了风，落了雨，落了岁月的尘。是否还能记起当年小小的我们一起跳过水坑，绕过小村，搬小小的板凳去看电影的情景？是否还能记起小小的巴掌在我肩头一拍，嗨，老师找你去，羞涩地一溜烟儿跑远的情景？曾经模样小小的他，没有守着小小的约定，没有成为故事里的人，却是和童年一起，经岁月的手剪下，贴于记忆的书页，是为断章，无关雪月与风花。

读完《心美，一切皆美》，林清玄"菩提十书"自编精华篇系列之一，才发觉"小小"在他笔下绽放着别样的幽美诗意，意蕴悠长。在题为《小小》的段落里，他如是写道："小小，其实是很好的，饮杯小茶，哼首小曲，散个小步，看看小星小月，淋些小风小雨，活在小楼里，种些小花小草；活在小溪边，欣赏小鱼小虾。"或许，和小小时候的小小情人在小小的巷子里，小小地擦肩而过，小小地对看一眼，各自牵着自己的小孩。小小的欢喜里有小小的忧伤，小小的别离中有小小的缠绵。人生的大起大落，大是大非，真的是小小的网所织成的。

读后怔怔地发呆，说不出话来。在纷乱的世事面前，人心浮躁迷惘，林清玄将佛理修养化为美好心情，为我们点燃一盏心灯。将生活里细小而繁多的美好连串成珠，放在手心里静静地赏，纵是伤心处，也能含泪地微笑。什么时候，我也能修炼成这样呢？

不由得想起那个名唤小小的苏姓女子，玲珑娇小，才情过人。痴痴等待的情郎终究未归，一病相思再未起，埋骨于西泠桥头。美人的传奇到此为止，叹息留与后来人。

细细想来，生活本已不堪，何苦一再叹息？深秋的午后，坐在阳光的对面，捧一本小书，冲一杯小茶，嗑着小粒瓜子，想着小小的心事，不失为小欢喜一桩。

走过的路长了，遇见的人多了，经历的事杂了。不经意间发现人生最曼妙的风景是内心的淡定与从容，头脑的睿智与清醒。

载于《散文败家》

你的心应该保持这种模样，略带发力的紧张，不松懈，对待不确定有坦然。损伤是承载，沉默是扩展。终结是新的开始。如此，我会为你的心产生敬意。

人生最美是遇见

文 / 月下清荷

人生若只如初见，何事秋风悲画扇。

——纳兰性德

光阴短，梦难圆，多少城市遥望中。

扬州于我，便是烟花暖雨沾湿笑靥，红袖高歌丝竹缭绕的漫漫浮想；更是我诗意的想象里，一位袅娜娉婷、含羞带俏的佳人，妩媚地在墙上精美的挂历里，与我隔时空的彼岸。也曾多少次，在“故人西辞黄鹤楼，烟花三月下扬州”的诗句里，任由想象蓬勃而出，游扬州一梦生长的枝繁叶茂。泛舟在碧波荡漾的纤纤细水里；漫步在枝叶低垂的杨柳依依下；树下驻足，与嫣然的玉树琼花相视一笑；抑或是，以纱灯笼罩的绿瓦飞檐为背景，定格住美丽的容颜和倩影。漫漫遐想中，老了容颜，旧了流年。

终于，在风起的清晨，梦想和现实一同起程。像是赴一场期许已久的初次约会，心是忐忑的怦然。

随着导游的一路讲解，梦里扬州的前世今生渐有所知。扬州，自古以来就是历史文化名城，有深厚的文化积淀，素有“竹西佳处，淮左名都”之称。是文人墨客争相聚集、流连之地，张若虚、李白、姜夔、郑板桥等名人，被扬州的美景深深吸引，皆在此留下了千古流芳的诗词佳句，而晚唐风流才子杜牧与扬州更是情深深雨蒙蒙，写下了凄婉绝美的诗篇。当年隋炀帝为了观赏玉树琼花，开凿了大运河，直抵扬州，扬州的繁华盛景得以随着琼花的美名一起名扬开来，也因此，才有了乾隆几度下江南必游扬州的传奇佳话。

当车子缓缓行驶在扬州街头，扬州宛如一位撩起神秘轻纱的女子，面容渐渐清晰了起来。静、净，是扬州留给我们最深刻的印象。街道不宽，路面洁净，琼花垂柳参差有致，摇曳生姿在马路两边，偶见芍药夹杂其间，不喧闹，不争艳，恬淡安然地守着属于自己的宁静和从容。听导游说，为了保护扬州的生态环境，扬州的城市建设是限高的。难怪一路上看不到特别高耸的建筑，没有了现代都市感觉的扬州更添了几分深闺秀女般的温润和柔美，令人心生欢喜，情不自禁地走近它，爱上它。

最先抵达参观的是扬州八怪纪念馆。因为作画时敢于打破传统的绘画规则，性格上孤傲清高，行为中叛逆狂傲，才得以此名。不得不说，扬州八怪的传奇和才情给这座文化积淀深厚的古城涂上浓重的一笔。陈列的多半是“扬州八怪”所用的物品，凝神泛黄的墨迹，犹能感受到他们当年愤懑权贵却又无奈屈服的心性。

心之所往，是对瘦西湖的念念不忘。一行人匆忙结束扬州八怪纪念馆的走马观花，蒙蒙雨雾中，古朴、典雅的“瘦西湖”大门映入眼帘。傍青翠欲滴的竹林，随长堤依依春柳，过小桥绕前川，不消须臾，风姿卓越的瘦西湖展现在眼前。

顾名思义，瘦西湖以瘦有别于诸湖，盈盈一湖幽曲窈窕，河道清瘦狭长，清婉秀丽的风姿灵动秀美。清朝钱塘诗人汪沆有诗云：“垂柳不断接残芜，雁齿虹桥俨画图。也是销金一锅子，故应唤作瘦西湖。”瘦西湖名字由此而来，也就很少有人记得它的原名叫作保杨湖。

烟花三月是折不断的柳，梦里江南是喝不完的酒，等到那孤帆远影碧空尽，才知道思念总比那西湖瘦……歌里一遍遍深情吟唱的不正是眼前这纤细迷离的瘦西湖吗？仿若女子腰间飘拂的玉带，一泓曲水如梦似幻，婀娜曲曼地延向远方。倘若杭州西湖是位丰腴的贤淑女子，那么修长的瘦西湖更像是婀娜清秀的俏女郎，别有风韵立春秋。“念泗桥上明月稠，水到扬州相思瘦。”舟行水上，回环有致，虽不见波光潋滟晴方好，却也移步换景美景不断，俨然一幅幅缓缓铺展开来的水墨画卷。那一池的湖水，在烟雨蒙蒙的笼罩中，在习习微风的轻抚下，漾起浅浅的涟漪。静泊的画舫雕栏玉砌，有着古色古香的精美。婉谢了船娘相邀的美意，与友相伴左右，最爱湖边行不足，轻快的脚步亦趋亦停。兴之所至，画舫前，石凳上，曲桥边，用镜头定格优美的景致和曼妙的身姿。

说来惭愧，有很长一段时间，没弄明白二十四桥究竟是一座桥还是二十四座桥，可这丝毫不妨碍我对它的殷殷向往。当看到那承载着凄美传说的二十四桥横卧在眼前时，按捺不住心头的喜悦，迫不及待地奔过去。奈何二十四桥近在咫尺，却被告知不能步上桥头，一湖碧水冷冷地隔我在水一方，心底是幽幽的怅然。想那千年以前，风流才子杜牧离开了失意的官场，带着酒气和才气，在二十四桥明月夜的见证下，把梦锁进青楼女子的妆匣里，从此山迢迢水隐隐，以诗寄情，浸在扬州的爱与哀愁里，或是“春风十里扬州路，卷上珠帘总不如”的情意绵绵，或是“二十四桥明月夜，玉人何处教吹箫”的怅然若失，抑或是“十年一觉扬州梦，赢得青楼薄幸名”的幡然醒悟。回想年少的我，初读杜牧这句经典的“二十四桥明月夜，玉人何处教吹箫”时，汩汩流淌的想象里是诗意随性的误读：明月夜，桥身处，一位古典仕女朱唇微启，纤指轻挪，如怨如诉的箫声，诉与谁人听？知她怜她懂她爱她的那人在何方？爱着，却不能随心靠近，世上最痛苦的事莫过如此吧。旧时明月照，胜景依旧在，不是当年人。匆匆过客的我此行怕是无缘见到明月夜下二十四桥的胜景了，不是没有遗憾的。

人在旅途，有遗憾或许才是真实的人生。离开时，心有挂念憾惜，方见得此地的魅力，一如我魂牵梦绕的扬州城。烟雨蒙蒙下扬州，未见琼花绽奇葩；匆匆行程紧，错过古运河……待到来年烟花三月，邀约清风明月做伴，重下扬州。烟雨蒙蒙中赤脚走在青石板上，拍遍朱楼的栏杆，到个园的桂花香径去熏香，踏上冷月无声的二十四桥听取无边的箫声，乘一叶小舟，雨伞折起，一任霏霏细雨洗尽满身的浮华……

人生最美是遇见，错过的人，错失的景，多年以后，是贴在泛黄记忆里一处缺了角的美丽。

载于《新青年》

人生，总有那么一些遗憾，因为无能为力，所以学会释怀；活着，总有那么一些起起落落，因为无法改变，所以学会随缘。就让我们且行且珍惜！

与尘世握手言欢

文 / 梅雪

我相信，现在未能把握的生命是没有把握的；现在未能享受的生命是无以享受的；而现在未能明智地度过的生命是难以过得明智的；因为过去的已过去，而无人得知未来。

——葛雷

走在黄昏的街头，有清幽的歌声轻飘过来：朝开而暮落的木槿花，月夜低头啊，心里想着他，记忆着已经流逝的那一段时光……是袁泉的《木槿花》。锦素年华时，爱情就是盛开在青春里的木槿花吧，大朵，明艳。若在多年以前，听上这样的歌，一定会泪眼蒙眬，情绪无端地低落，仿佛字字句句都是针，很有点“为赋新词强说愁”的矫情，那短暂的花期更易怅然若失。呵呵，多么沧桑的“多年以前”。而今，中年像洗得泛白的棉布衫，晾挂在光阴的风口，颜色渐渐地淡去，“潦水尽而寒潭清”般简素、清明。再次聆听，依然能触碰到心底最深处的柔软和脆弱。只是念起那些沉隐在岁月深处的点点滴滴，不再是满心霜意，而像这六月木槿般，淡淡的芬芳里有着贴心的暖。世间所有的苦痛与纠结，都被时光所收藏，像卵石散落在流年的河床。多年以后，拾起，放在手心里静静地欣赏，一颗，便是一个真情实意的记忆。

网上与友相遇，她笑问道：久不见人，亦不见文，哪儿去了？心顿生暖意，为这份陌生而熟悉的关心。微笑地敲下一行字："行走在烟火人生里。"

笃立在时间的长河里，回望来时路，感慨良多。蔼蔼红尘里，追逐着梦想的苦旅者，一路水迢迢，山遥遥，一程山水一程景，萧索失意的心情如影随形，纵然是美景良辰，也或浓或淡地染上袅袅的愁绪。快乐站在路口，像和家人失散已久的孩子，殷殷地等待一双手的温柔相牵。怨也罢，叹也好，追不回流逝的旧时光。不如重新上路，在庭院，在公园，在郊野，沐浴着阳光晴好，清风拂面，分享着草木的安宁静然。于一片青黄叶片上，寻找秋的痕迹；看一颗晶莹的露珠在荷叶上，来来回回地滚动；看珠光宝气的蚕不遗余力地吐丝结茧，化蛹成蝶，演绎着生命的神奇和价值。

自然万物如禅者无言，自斟自饮一杯岁月静好的酒，他们用绵绵无尽的绿意，把我们的一生温柔地牵绊，有什么理由不珍惜这烟火人生里的所有呢?

静下心来，坐看春深，细细回味那些如常日子里细小的美好。晚饭后，漫步到广场，儿子踩着彩灯滑轮随我左右。衣着明艳的大妈姐妹们跳着欢快的舞蹈，舒缓、强劲的旋律，整齐有致的舞步和脸上洋溢的笑容，无不感染着围观的人群。那是平凡的人们热爱生活的独特表达方式，和对幸福快乐的不懈追求。褐色的木椅上，家长们排成坐，关切的目光追逐着玩耍的孩子们。满头大汗的儿子娴熟地滑过来，赶忙递上水，叮嘱两句，风一般又溜远了。看这尘世间细碎的快乐，谁能拒绝快乐来敲门？下班绕到菜市场，经过一家豆腐摊，年轻的女摊主微笑地招呼，你不常买菜吧，没怎么见过你。嘴里应着，心里窃喜，菜市场若是小江湖，莫非我这身衣袂飘然，不像这江湖中人?

流光抛人去，唯有这不咸不淡的缕缕烟火气息，才是人世间最朴素最恒远的生命背景。曾经有人问朱天文，为何不再写小说？她说我心里有一种就此不写了的冲动，因为再怎么写，也写不过生活本身。是啊，生活赐予了我们好时光蓬勃成长，然而，生活又强悍地追逐着年轻的容颜，一任花自飘零水自流。生活本无心，生者可有意。所以，让我们难以割舍的便是琐碎生活里这些不经意的种种。不经意的想起，依依心念的，仍是最初的本心。

渐走渐深的夜，与一些有着体温的往事一而再地重逢。且许我浮一大白，和尘世握手言欢，心随浮云，意赋花开，从此以后，让快乐成双。

载于《散文百家》

社会何其喧嚣，逼仄的环境，鼎沸的人群，何不走出去，去感受自然的魅力。像飞鸟一样，飞到那明媚的山峦和蓝色的海角，只有风在飞舞，还有音乐做伴。

董明珠的辨认真经

文 / 陈世冰

欲要看究竟，处处细留心。

——宋帆

董明珠被调到格力电器做营销总裁时，正逢市场低迷，公司营销部人心涣散之时。在一个多月的时间里，她却毫无作为，每天对其他同事彬彬有礼打招呼，或是躲在办公室里不出门。这下，营销部里那些本来就毫无业绩的人，更加不想干活了，每天都在上网聊天混日子。

正当那些有能力肯干活的人对新来的总裁感到失望时，董明珠却突然发力，将那些业绩差的人进行了降职或辞退处理，那些一直努力工作能力强的人得到了晋升。动作之快，判断之准，和刚来时的她简直就是判若两人。

年终表彰会上就有人问她为什么这样做，董明珠说，我有次买了个房子，带个大院子，里面有许多杂草杂树，我准备全部清理掉种上自己买的花木。喜欢植物的父亲说，等一等，明年再说。果然，冬天时以为是杂草的植物在春天来临时开了花。春天以为是野草的，夏天却成了锦葵。大半年没有动静的小树，秋天里居然红了叶。到第二年的暮秋时分，我才认识清楚哪些是无用的杂草而全部铲除，哪些是珍贵的花木需要保护。其实我们营销部就是一座花园，你们就是其中的珍木，珍木不可能一年到头都开花结果，只有经过长期观察才能认得出来啊。

董明珠话音未落，即引来潮水一样的掌声。

董明珠用院子里的花木杂草需要时间来区别，说明识人识事不要轻易地下结论，要沉得住气，方能在最后决断时不为一时的现象所迷惑。

载于《当代青年》

表象总是和真实交替出现，如果轻易下结论，很可能会导致判断错误。需要观察，透过现象看到本质才最好。

华盛顿的5枚银币

文/陈洋

要克服生活的焦虑和沮丧，得先学会做自己的主人。

——高尔基

1789年，乔治·华盛顿成为美国第一任总统，在宣誓就任总统前，他一直住在距白宫不远的哥伦比亚大酒店。

一天晚上，一个小偷越窗潜入华盛顿的房间。他翻遍房间，除了几枚零散的银币外，只找到了一个类似金质的勋章。就在这时，黑暗之中传来一个吵哑的声音："先生，请不要把我的勋章拿走。"

突如其来的声音把小偷吓了一跳，他愣了一下，竟脱口问道："为什么？"

华盛顿回答："倒不是因为这枚勋章值多少钱，只是它对我有着非常重要的意义。你仔细看看，勋章上面刻的是什么字。"

房间灯亮了，那小偷拿起勋章："送给总司令乔治·华盛顿先生——陆军司令部。"小偷愕然，"你真的是华盛顿总统？"

"是的，我就是华盛顿。年轻人，不要拿走它，它只是铜做的，值不了什么钱。"停了停，华盛顿又问道，"年轻人，你为什么要做这样的事呢？"

年轻人解释说，因为连年战争，家里一点吃的也没有了，母亲生病长年卧床，孩子也得了脑炎。年轻人对华盛顿说："如果您不介意，您能借给我一个银币吗。”

华盛顿说他并不介意。并且说：“我想，你可能需要更多的钱，你的家也为我们这场战争做了贡献。我这里有 5 枚银币，你快些拿回家给母亲和女儿治病吧。”年轻人跪倒在华盛顿面前请求宽恕。华盛顿扶起年轻人，并且给他一个忠告：“年轻人，一切都是因为战争，以后我们的日子都会好起来的，但你今天的举动非常糟糕。以后，一定要记住：你是谁！”

后来，传说年轻人去做工，真的还上了华盛顿的 5 个银币。

5 个银币或许能解一个人燃眉之急，而一句话：“一定要记住：你是谁！”则能让人受用终生，因为它唤醒了一个人的生存道德底线。当我们面临诱惑或选择的时候，不妨问一问自己：“你是谁？”

载于《当代青年》

你是谁，你要去向哪里，你要成为什么样的人，你要过上什么样的生活？多几次这样问自己，也许你就不会像现在这样迷茫和手足无措。

第六辑

善良比聪明更重要

一个人聪明与否，这是上天给予的。可是，决定你人生价值的不是你的智商，而是你的品质。我们必须明白，善良永远比聪明更重要。

Zui Meiwen

蜂鸟的敌人

文/倪西赟

知不足，然后能自反也；知困，然后能自强也。

——《礼记》

小小的蜂鸟几乎是世界上最小最美的“精灵”，它的双翅拍击迅捷，飞行本领高超，可侧飞，可倒飞，可垂直起落；最高时速每小时可以达到100千米，素有动物中飞行的“彗星”之称。

蜂鸟胆量十足，遇到比它大几倍甚至是十几倍的大鸟也不怕，如果大鸟胆敢惹怒它欺负它，它可以巧妙地利用身体较小的优势，伏在大鸟的身上反复啄它、攻击它，让大鸟狼狈逃跑。所以，蜂鸟在自然界中鲜遇危险。然而，蜂鸟遇到两种情况，死亡率却很高。

蜂鸟对外来的危险，非常敏感，而对潜在危险视而不见。在哥斯达黎加的加勒比海岸，有一种以树为家的蛇叫睫毛蝰蛇，却是蜂鸟的天敌。睫毛蝰蛇身体金黄色，它主要是栖息在棕榈树上，猎食的时候就到蜂鸟采食植物花蜜的枝头等待。虽然睫毛蝰蛇颜色艳丽，但在蜂鸟眼里，一动不动的睫毛蝰蛇就像是一朵美丽的花朵。睫毛蝰蛇有的是时间，它等蜂鸟放松警惕，选择机会并迅速一击，再敏捷的蜂鸟都难以逃脱，从而成为它的美餐。还有一种情况是，蜂鸟如果误入大楼或者室内，常常无法逃脱。因为蜂鸟遇到危险，它会变得非常急躁，非常固执地向上飞，一次次撞向坚硬的顶。蜂鸟的这种固执，不仅会耗尽它的体力，而且会撞得伤痕累累而死。

在很多时候，我们很多人就像蜂鸟一样，常常因为自己有优势而忽视自己的劣势，常常因为自己的固执而导致优势的丧失，所以，在某些时候，优势可以是好上加好，但劣势必须避免，因为劣势往往是致命的。

载于《创新作文》

金无足赤，人无完人，关键在于不要让你的劣势成为你失败的导火索。

时间不是老人

文 / 孙道荣

没有人不爱惜他的生命，但很少有人珍视他的时间。

——梁实秋

一直以为，时间真是个老人。

没有人能告诉我们，时间有多老。时间比我们的纪元更老，以耶稣诞生之日作为公元纪年的开始，迄今人类的纪元才区区 2016 年，时间显然比它老多了；时间比三黄五帝更老，比开天地的盘古更老，比古希腊的时间之神克罗诺斯更老。我们能够追溯的人类历史，据考古专家们的观点，400 多万年前，时间就存在了。时间比我们已知的任何一个人更老，比我们已知的任何一个神仙更老，也比我们已知的任何一件事物更老。

因为无法确切地知道时间到底有多大年龄，人们于是相信，时间是个老人。

还有一个更重要的原因，那就是人们宁愿相信时间是个老人。

因为如果时间是个老人，他就会步履蹒跚，我们的脚步就可以追赶上他；如果时间是个老人，他就会慈悲为怀，慷慨地给予我们更多一点时间；如果时间是个老人，他的手就会绵软无力，经常像沙子一样遗漏一点时间给我们；如果时间是个老人，他的耳朵背了，听不到我们试图窃取他的时光的计谋；如果时间是个老人，他就会眼神不济，看不到我们大把大把地荒度时光，而因此惩戒我们；如果时间是个老人，他的神志也许就不再那么清醒，我们可以乘机糊弄他老人家，肆意地耗费他给予我们的时光……没错，如果时间是个老人，我们就可以轻松地向他预借一点，骗取一点，偷拿一点，甚至是巧取豪夺一点时间；或者可以没节度、无羞愧、不自责地耗费一点、虚掷一点、浪费一点、透支一点属于我们或根本就不属于我们的时间。

时间真是个老人的话，那一切就太美好了，我们可以远离他的视线，摆脱他的掌控，挣开他的束缚，逃避他的惩戒，甚或可以纵横驰骋，为所欲为，天地之间，唯我为大。还有什么比挣脱时间的枷锁，更让人开心的吗？人生苦短，从此成为笑谈。

可惜，时间不是老人。它精明、敏锐、睿智、明察秋毫、大公无私、神力无边。任何企图逾越、凌驾时间之上的行为，都注定要被时间击溃。在时间面前的任何投机取巧，都不堪一击。

把时间比喻成老人，可以说是人类最蹩脚的一个比喻。

时间像个调皮的顽童，他和你玩耍、戏闹、游戏，却在不知不觉中，把给你的时间都悄悄地藏起来了；时间又像个害羞的少女，含情脉脉，令人痴迷、销魂，你以为可以和她进行一场旷世的爱恋，她却神不知鬼不觉地把你的时间销蚀殆尽；时间还像个威武的壮士，守护着自己的阵地，任何对时间的企图，都将被他一拳砸烂；时间也像个主妇，如果你精打细算、勤俭有为，她就会用擀面杖将你的时间碾压得又细又长，让你受用终生。

有时候，时间更像个吝啬鬼，惜土如金，永远别指望从它手上多拿一秒钟；时间又可能就是个魔鬼，手持魔罩，时刻准备剥夺本属于你的时间；时间也可能像个天使，给予珍惜它的人更多回馈。当然，正如人们习惯比喻的那样，时间也可能真的就是个老人，这位老人，德高望重，洞悉一切，令人敬畏，不容冒犯。

其实，在我看来，时间更像是一面镜子，它竖在我们每个人的心中，你以怎样的面目出现，以怎样的态度对待时间，时间就还你一个最真实的你。在时间面前，从无例外。

载于《阅读经典》

你怎么看待生活，或者别人怎么看待你都不重要，重要的是你怎么去把握时间，度过这手指缝里流逝的每一天。

别忘了你的初衷

文 / 顾晓蕊

要从容地着手去做一件事，但一旦开始，就要坚持到底。

——比阿斯

上大学时，我结交了两位好朋友，她们是阿曼和茉莉。毕业后，阿曼选择到上海工作，想趁着大好年华，拼出一个美好的未来。茉莉回到了小城，她说小城虽小，却处处透着清幽与雅静，给人以闲适恬淡之感。

那些年里，我们在不同的城市各自忙碌，各自奔波，见面的机会很少。然而，思念如藤，偶尔会沿着电话线攀援生长，为生活添一抹绿意。

十余年的光阴，倏忽而过。有一天我到上海出差，提前办完公事，想顺便拜访下旧友。我满心欢喜地拨通了阿曼的电话，她显得有些意外，简单寒暄几句后，约定晚上在一家咖啡屋见面。

晚上七点，我如约而至，可左等右等，不见她的身影。等了一个多小时，我正要离开的时候，见阿曼慌慌张张地跑来。她坐下后，歉意地说:“刚才加班，让你久等了。”

她身穿浅紫色的套裙，挎着一个时尚的坤包，看上去精明干练。外表俏丽华美的她，眉眼却难掩倦容，我心疼地劝道:“你不要太辛苦了，要学会自我减压，适当地给自己放个假。”

“你也知道，我是个好强的人，凡事喜欢追求完美，什么都想做到最好。”她说，“这几年一直忙于工作，很久没回家看父母，想想也觉得挺惭愧的……”正聊着，手机响了，接完电话后，她有些尴尬地说：“唉！客户对文案不是太满意，只能晚上加班重做了。”

见她眉头紧蹙，神情落莫，我只好宽慰道：“你有事，就先忙去吧。”次日清晨，我便离开了那里。这次短暂的会面，就像一杯苦咖啡，让人觉得心里苦苦的，涩涩的。

又过了两个月，为了参加一个文学笔会，我来到茉莉所在的小城。笔会结束后，我找到茉莉的电话，略犹豫了一下，最终还是给她打了个电话。

“你能来这里，我太高兴了。”电话那边传来茉莉的欢呼声，“过来吧，我去车站接你！”她把如何坐车、哪个路口下车等详细地说了一遍，说罢仍有些不放心，又给我发了条短信。

刚站定，就听到有人喊我的名字。转过身，看到一张笑意盈盈的脸，正是茉莉。她一袭白衣长裙，不施粉黛，宛若当年那个素心若雪的女子。

那是一个无比美妙的夜晚。小院里搭有架子，种了丝瓜，青的藤，黄的花。这一切是那么清新自然，又带着点点诗意。我们在丝瓜架下吃饭，除了可口的饭菜，还有她烘焙的椰蓉面包。

更令我惊奇的是，饭后还品尝了她亲手磨制的咖啡。古色古香的意式咖啡机，网上购到的咖啡豆，加入一点耐心，一点爱心，调制出一杯杯香浓醇厚的咖啡。

我端起杯子，轻抿一口，唇颊生香：“喝起来棒极了，不过做这个挺费时间的。”

“有些时间，是用来奔忙的；而有些时间，就是用来浪费的。”她笑着说，“附近有一大片荷塘，明天正好周末，咱们一起去看花。”

我有些迟疑地说：“哦……不麻烦你了，我还是回去吧。”

“能有什么事，比看花更重要？”她说，“错过了花开，也是一种遗憾。”面对如此盛情而真诚的邀请，我点头应允，心里浮起一阵温暖的感动。

我第一次看到，那么一大片一大片的荷塘。那一朵朵荷花，映在荷叶间，犹如凌波仙子，简直是美不胜收。我忽然明白了，她为什么要带我来看花，只为采撷一个个美丽的瞬间，让美静静地绽放在心间。

回到家以后，我仍然会经常想起她们。阿曼终日奔波忙碌，在世俗的裹挟下被生活绑架，以致身心俱疲。而茉莉却始终保持一份淡然，一份清醒，让寻常日子融入温情和诗意。

我们都行走在追梦的路上，可在这个过程中，别忘了你的初衷——努力工作，是为了更好地生活。很多时候，我们会在不经意间忽略了身边最美好的风景。相对于物质上的满足而言，心灵上的富足，才是真正的成功和恒久的快乐。

载于《语文教学与研究》

每个人都有一个美丽的初衷，美丽的梦，比如努力学习，锻炼身体，等等，但是守住初衷的人却很少。你还记得你的初衷吗？

别浪费失败

文 / 荒沙

失败乃成功之母。

——佚名

两位青年才俊立志报效国家，大师推荐他们随大将军征战疆场。

这一天，大将军筹划一场关键战役，两青年被委以重任，一个为左将军，一个为右将军，分率两路大军攻向敌营。左将军率兵所向披靡，赢得了一个又一个胜利，可右将军这路兵马却遭遇重大挫折，要不是左将军来救，差点儿影响了战役全局。最终，大将军赢下了这场关键战役，将回京述职。

考虑到这次战役左将军立下了头功，大将军想把他带到京城，当面给他请功，并介绍作战经验。他去征求大师意见，大师点头同意。但他极力建议也把右将军带上，这可让大将军犯了难，右将军率兵作战不利，带到京城他可怎么见人呢?

这事传到右将军的耳朵里，不禁悲从中来，这次作战失利，他蒙受了巨大耻辱和压力，左将军推荐他去京城，显然是想看他出丑。为此，他记恨左将军，见到左将军不再以礼相待。令他绝望的是，将军听从了左将军的意见，真的决定带他去京城。

左将军看出了右将军的变化，这一天，他和大将军来到他的房间，此刻，他正烦闷地躺在床上，见二人进来，掉头不理他们。左将军轻轻地走上前，对他说："作战不利，固有很多原因，你的右路遭遇的敌人是左路的两倍，你们的战场物资保障困难……这次将军进京述职，不是邀功，而是总结作战经验，给其他将领做参考。战场打胜固然好，但失败的教训也非常重要，如果你心中有国家，就不能计较这些名利，放开架子总结失败的教训，讲给大家，给大家提个醒，这比打赢邀功更有价值，千万不要浪费失败，这是人生中的宝贵财富。"

右将军一听突然茅塞顿开，当即决定随大将军进京。

载于《高中课堂》

成功是白天的太阳，那么失败就是黑夜中的星辰，没有星辰的降落也就不会有太阳的升起，耀眼的太阳也会有被乌云遮盖的时候。

现在拥有的

文/程骏驰

知足天地宽，贪婪宇宙隘。

——曾国藩

大师带着小徒弟下山化缘，来到一户老农家。老农病重，大师急忙为他诊病，病因是急火攻心，便问老农为何这般着急。老农叹了口气，对大师说："这两年我的庄稼全无收成，不是因为天灾，而是人祸。""哦，说来听听。"大师对老农说。

去年小麦丰收，看着阳光充足没有雨水，我便想再拖几天收割，让它再长一长。可不承想，就在我准备收割的头一天，强盗下了山，一夜之间把我的粮食全部割完，这一年，我颗粒无收，只能四处借米，靠乡亲邻里接济度日，我就后悔，为啥当初我不早点收割呢？

前些日子，县衙剿灭了山贼，集中发放山贼这些年下山抢的粮食，折算下来我应该得十二担，可县衙只给我五担，说没有那么多，我一气，就不领，可后来一想，县衙剿贼也不易，况且，贼人这一年也有消耗，给五担就五担吧，可我再去领的时候，县衙连一粒米也没有了，都被领光了，我就后悔，为啥当时我赌气不领呢？

大师听后，开了药方坐在老农身边与他交谈，他突然间问老农："施主，你认为什么是最珍贵的？""当然是失去的和未得到的！正如我的收成一样，有了它们，这一年我就可以活命了。”老农越说越悲伤，不一会儿咽了气……

大师默默地带着小徒弟回寺庙，突然略有所思地问小徒弟：“刚才这番情景，徒儿认为什么是最珍贵的？小徒弟立即对大师说：“现在拥有的。如果他能保重自己的身体，地可以再种，那还愁吃穿吗？”

大师听后，豁然一笑。

载于《创新作文》

所谓成功的人，就是能把握当下，展望未来，他们可能失败过很多次，但是他们从来不把重点放在过去的悔恨或者回忆里。他们能看清楚事情的真相，聚焦在正确的事情上，看到这件事情的真实含义。

阳光不言

文 / 薄陨

判断一个人当然不是看他的声明，而是看他的行动，不是看他自称如何如何，而是看他做些什么和实际上是怎样一个人。

——恩格斯

悟远和悟静是寺院里两个有志向的小和尚，参佛悟道很有灵气。悟远性格张扬，喜欢向别人表述他参佛的体会，展示自己知识的渊博，而悟静则言语不多。渐渐地，悟远崭露头角，成为寺庙众僧都看好的、将来定会有作为的高僧。

大师云游归来，住持向大师报告近年来寺庙的情况。大师问是否有可造之材，住持向大师重点介绍了悟远和悟静二人，大师问二人谁更优秀，住持毫不犹豫地回答："悟远更好。"

大师悄悄观察二人言行多日，的确发现悟远平时纵论佛学，非常有见解，而悟静则很平静，不善表达自己的观点。

这一天，大师准备挑选一人远道取经，众僧普遍认为悟远为第一人选，将来必成高僧。但令人意外的是，大师却选择了平时不善言谈的悟静。众僧问大师为何选悟静，大师说："阳光不言。"众僧十分不解，请大师解惑。

大师顿了顿，对大家说："阳光从不言，但它一出现，人们就知道天亮，阴雨后它一出现，人们便知晴天已来。冬日窗前，阳光悄悄地用温暖驱走寒冷，春天大地，阳光轻轻地把禾苗唤醒成长，它的力量为众人所知，但它从不言语，只是默默无闻。悟静像阳光，静静参佛，解救众生，前日多个对生活失去信心的人来到这里，经悟静开导重获人生自信，你们也不知道，悟静每日早起半个时辰，下山到浮桥那里帮小贩们推车过河……参佛的最高境界不是高论，而是落到脚下变成行动，并不见得让人知晓，正如阳光无言。"

众僧顿悟。

载于《思维与智慧》

大爱无言，大音稀声。只有实实在在的行动，自己的价值才能体现出来，否则，一切都将是空谈。

不能花开，就请叶绿

文 / 崔修建

积极的心跳，包含触及内心每一件事情——荣誉、自尊、怜悯、公正、勇气和爱。

——福克纳

那年秋天，我随一支大学生志愿者服务小分队去宁夏西部的一个山村支教。

长途客车在沙尘飞扬的大戈壁上颠簸着，透过车窗，我忽然看见远处旷野上有两个年轻的男子，正站在一块巨石上面，仰望蓝天白云，双臂挥舞着，似乎在呼喊着什么。家住附近的一位同学告诉我，他们原先是县剧团的演员，演技还不错，演到哪里都有不少人喜欢。后来剧团解散了，他们就出去打零工，闲暇的时候，他们随便站在哪里，都会嗓子一亮，高歌几曲。他们说，不能登台演出了，就大声地唱给自己听吧。

他们真是快意人生，颇有些侠士风度。我忽然想起了一位著名登山家说过的话——真正的登山者，在意的并不是成功登顶的那一时刻，而是一路攀登的愉悦。想想，的确有道理，无法登顶的时候，慢慢地欣赏一下沿途的风景，不是很好的选择吗？

在那干旱缺水的村庄里，庄稼活得艰难，牲畜活得艰难，百姓的日子也清苦得叫人心疼。然而，我却十分惊讶地发现，我见到的人们穿得很差，吃得很差，用得很差，一个个精气神儿却十足。我没看到几张哀愁的容颜，倒是从那一张张被阳光晒得酱紫、被风沙吹得粗糙的面颊上，看到了许多淡定与从容，甚至看到了许多灿烂的笑，干净得像澄碧的蓝天。

我问一位七旬的老者，为何大家生活如此窘迫，却依然有那样好的心情？老者平静道："谁都希望过上好日子，可总有很多梦想会落空的。播下瓜种，不一定能够如愿地收获瓜，那么，为什么不怀揣一份好心情，欣赏一下瓜秧上面那些美丽的花呢？"

不能收瓜，就去赏花。这真是一种收放自如的洒脱啊！真是一种值得深思的人生智慧啊！我不禁对身边那些平凡无奇的人们肃然起敬。

我新认识的邻居，是一个叫人见了便要心生怜爱的小女孩，她因患有先天性的肌无力，在 12 岁那年，突然失去了行走的能力。而此前，她酷爱跳舞，舞蹈老师夸赞她有跳舞的天赋，是一个搞艺术的好苗子。10 岁那年，她还曾登上过银川市电视台主办的春节联欢晚会舞台呢。在她的家里，我见到了墙上那幅漂亮的剧照，身着舞衣的她，真像一个美丽的天使。

如今，她被疾病困在了床上，要想到外面去，就得让父母把她抱到自制的那台沉重无比的简易轮椅上。父母身体也不大好，很懂事的她，便将自己的活动范围，基本上限定在床上和院子里。更多的时候，她是趴在窗台上，望外面的世界，偶尔在父母的帮助下到院子里转转。

她喜欢笑，一脸天真无邪的笑，纯净得叫人立刻就会想到那个词——一尘不染。

她告诉我，她今生再也不能跳舞了，就编一些与跳舞有关的故事，写下来，讲给自己听，有时候也讲给大人们听，还想投稿，争取让更多的读者看到她写的故事。

我为她的阳光心态鼓掌，问她："不能跳舞，是不是感觉很遗憾？"

她莞尔一笑："刚开始，痛苦得都不想活了，觉得老天太能捉弄人，赐给我跳舞的灵性，却不让我去跳舞。现在，我已经完全想开了，不能花开，就请叶绿。”

“不能花开，就请叶绿。”刹那间，我的心灵被一种东西深深地震撼了。

她拿给我看她写的故事，简单的情节，简单的语言，里面透着不事雕琢的童真情趣。

真好，在那些支教的日子里，我送去了知识，却收获了无价的精神财富。尤其是那一句“不能花开，就请叶绿”更是让我清醒地认识到，当疾病、挫折、失败等不幸突然降临时，不必惊慌，也不必抱怨，而是微笑着迎上去，让人生转个弯，转向另一方天地，去欣赏另一片明媚。

载于《天天爱学习》

你改变不了过去，但可以改变现在；你不能预知明天，但可以把握今天；你不能延伸生命的长度，但可以拓展它的宽度；你不能左右天气，但可以改变心情！生活就是一面镜子，就看你以什么心态去对待它，放开心态，敞开心扉去感受生命，生活处处是美好。

“莫言”之智

文 / 纳兰泽芸

海纳百川，有容乃大；壁立千仞，无欲则刚。

——林则徐

2012 年 10 月，莫言获诺贝尔文学奖。这项代表最高文学成就的殊荣，长期以来都是全体中国人心中的一桩憾事，纵然是鲁迅、老舍、巴金、沈从文、林语堂这些顶级文学大师都与之擦肩而过。

获得文学诺贝尔奖，该是何等之幸！然而，作为首位获得此项顶级殊荣的中国作家莫言，却在获奖之后淡定得令人意外——他只是谦虚地寥寥数语：“拿到奖感到惊讶，因为觉得自己资历非常浅，现在有很多优秀作家，我排得相对靠后。我觉得没什么可庆祝的，我是山东人，喜欢吃饺子，会与家人包顿饺子。”

莫言获奖之后，有关他的评论很多，好评有，恶评也不少，但莫言的反应却是寥寥数语，不卑不亢，正对应了他的笔名“莫言”——话说多了惹麻烦。

莫言原名管谟业，后来走上写作道路就改笔名为“莫言”。之所以以“莫言”为笔名，是他曾经屡次因自己的多言而给父母惹下麻烦，从此他告诫自己多做实事，少说虚话。

莫言的童年是与牛为伴的孤独童年，他的家乡山东高密东北乡处于三县交界地方，穷困闭塞。莫言小学未读完即辍学，他每天要到村外的大洼地里放牛，那片一望无际的洼地里，野草野花繁茂。在广袤的草场上，小小的莫言只能与几头牛相伴。

他仰面躺在草地上，望着天上的白云悠悠流转，小鸟啁啾而过，没有人理他，没有人同他说话，寂寞的长日里，他的心里积郁着奔涌的情感，他只好自己跟自己说话，而且这样的自言自语往往出口成章，合辙押韵。

后来长大一些，在集体劳动时，他放牛时养成的喜欢说话的毛病常常让他一不小心就得罪人惹麻烦，母亲痛苦地劝告他："孩子，你能不能不说话？"后来他开始作家生涯，就改笔名为"莫言"警示自己少说话，多做事。随着年龄的增长，他的话也越来越少。

他绝不主动去骂别人，对于别人把自己当箭靶子骂的时候也是不愠不恼，由着他去。他觉得这样很好，减少了许多无谓的纷争与口舌，让自己有更多时间和精力来投入创作之中。对于他的小说被改编为著名电影以及其他形式的作品，他的反应也是淡淡的，别人问他为何如此淡定？他说小说像是他的女儿，而电影就是女儿的女儿，是外孙女，他管不了那么宽了。剧本改得好与差，那是改编者的本事，与他已无关。

这不禁令人想起一个故事，一位禅师在路上遇到一个无赖，那无赖一路对禅师极尽谩骂之能事，禅师一路双目微闭，面对微笑，无赖骂至力气尽失，所骂的每句话如同打在软绵绵的棉花包上。他忍不住问禅师："我骂你，你怎么还笑？"禅师这才慢悠悠地说："如果有人送你一份礼物，你拒绝收下，那么这个礼物最后还是归谁呢？"

"当然还是归送礼的人啊。"

"我拒绝收下你的礼物，你自己好好享用吧。"

真正的反击力量并不来自于目眦欲裂的剑拔弩张，而是来自于内心深处对自身精神的锤炼和对对手内心的反击。正如寒山与拾得二位高僧的对答：

寒山：“世间有人谤我、欺我、辱我、笑我、轻我、贱我、恶我、骗我，如何处置乎？”

拾得：“忍他、让他、避他、由他、耐他、敬他、不要理他，再过几年你且看他。”

在那黄钟毁弃，瓦釜雷鸣的“文革”时期，真正的大勇大智、怀禀良知者往往是那些沉默者。在被胁迫歪曲历史、对某些正直的知识分子进行攻击的时候，大儒梁漱溟“三军可以夺帅，匹夫不可夺志”，毅然顶住难以承受的压力选择了沉默；历史学家陈寅恪，在强权威逼下，不愿去参加黑白颠倒的大批判，情愿沉默地埋头考证《再生缘》。

“凡不可言说者，必保持沉默。”这是哲学家维特根斯坦的思想。这里的“凡不可言说者”，当指有悖人心，有悖良知的东西，所以，最好的方法是，选择沉默。

无独有偶，作家贾平凹也曾说一位高僧传授给他八个大字的成功秘诀，那就是：“心系一处，守口如瓶。”

贾平凹因为不会说普通话，一口浓重的陕西口音，外人很难懂，所以在很多人稠的场合，他基本都是静静地听，静静地点头、微笑，他曾经为此自卑过、丧气过，但自从听了高僧的点拨之后，他豁然开朗，出门能不讲话则不讲话，甚至他出门经常拎一个印有“聋哑学校”字样的提包，他感觉心境非常平和，非常自在。

他说，流言凭嘴，留言靠笔，他不会去流言，但是流言袭来时，他保持沉默，以静制动，无往不利。

鲁迅也曾经说过，于无声处听惊雷。

也许，适时的无声，是一种人生的大智慧。

《世说新语》说："吉人之辞寡，躁人之辞多。"这种"辞寡"并不代表精神贫乏，而是一种临水而思的静观默察，是来自于内心深处的黄钟大吕，于无声处听惊雷。

载于《疯狂阅读》

沉默是种智慧，更是处世哲学。"言多必失"的道理谁都懂，可是管住自己嘴巴的人却少之又少。不如让我们适时地沉默，做一个有深度的人吧！

陈旧的美丽

文 / 君燕

因寒冷而打战的人，最能体会到阳光的温暖。经历了人生烦恼的人，最懂得生命的可贵。

——惠特曼

一直觉得只有崭新的东西才最美。春天树杈间的那一抹新绿，爱美小女孩身上崭新的连衣裙，雨后清晨清新的空气……是的，这些新鲜的东西似乎都有一个另外的名字，那就是美丽。没有人能阻挡新鲜带来的生机和活力，就像没有人能拒绝它带来的愉悦的视觉和精神享受。崭新的事物就像一张铺展开来的画布，洁白干净，充满了未知和希望；又如头顶那一抹高远的湛蓝，清新、透亮，让人无限遐想和渴望。最让人心动的应该是正值花样年华的少女，巧笑倩兮、美目盼兮，如水的肌肤吹弹可破，清新美丽得仿佛不染一丝岁月风尘。

那次和朋友们去旅行，在一座寺庙里，我看到了一口古旧的大钟。这口大钟不知道经历了多少次风雨的侵蚀，底部的花纹变得暗淡模糊，表面还隐隐生出一层绿色的铜锈，似乎在昭示它的年迈和苍老。我的心情突然变得庄严肃穆，也就是在那一刻，我突然爱上了这口大钟，爱上了它的沧桑和内涵。低沉、悠扬的钟声缓缓响起，仿佛穿越了千年的时光，带着远古的气息扑面而来。我知道这应该是岁月赋予它的独特的魅力——这是任何一口新制的钟永远都达不到的效果。

原来，有些事物，只有经历了岁月的流逝和打磨，才会焕发出其独特的美好。这是一种与崭新的事物截然不同的美，它沾染了流光的印记，经历了岁月的风尘，因而变得厚重而内敛，这是其他崭新事物永远无法比拟的美。

还有一次，朋友乔迁新居，我们去她家里做客。崭新的家具配着刚装修好的房子，一切看起来都赏心悦目。然而，朋友手里捧着的那个陈旧的茶壶却吸引了我们的目光。“这是爷爷当年留给我的。”看到我们注视的目光，朋友笑着解释，她用手轻轻地摩挲着茶壶，目光里满是爱恋和不舍。在朋友的讲述中，我们知道了这个茶壶对于她的意义，那是一个老人对子女的牵挂，对晚辈的爱惜，也是她缅怀爷爷的一种方式。“茶壶上每一条陶瓷的纹络，都有爷爷当年抚摸的痕迹，我甚至能感觉到爷爷当年的体温和味道。”朋友凝视着茶壶，动容地说道。是呀，这把陈旧的茶壶因印上了亲人的痕迹而变得与众不同，朋友用着的时候，不仅得心应手，更能体会到一种特殊的情感。这不得不说是一件极为美妙的事情。

当一件事物被赋予特殊的情感时，它便不再是一件简简单单的事物，它更成了一种寄托，成了全世界独一无二的东西。想必用再多的东西也换不来这件斑斑迹迹的旧物，正是这一点点痕迹才让这件旧物有了它存在的价值和意义。

见到这个年过半百的女子时，我一时竟不知该用什么词语来形容。一直认为美丽属于年轻的女子，从来没有想过年过半百的女子竟也可以如此美丽！得体的着装和谈吐，优雅的气质和举动，做事永远不疾不徐、淡定从容，仿佛根本不知急躁、生气是何意，和她在一起简直有种如沐春风的感觉。和她在一起的时间越久，越会不自觉地被她身上散发出的魅力所吸引。“你们都害怕变老，我从来不担心这个。”她笑着说出这句和杜拉斯雷同的话时，由内而外的魅力在她脸上的每一道皱纹和头顶每一根白发上闪耀，这是一种无与伦比的美丽，是岁月和经历赐予的宝贵财富。

往事终究像一场雪，被阳光雨露点缀成过眼云烟，只留下纯粹的爱或者不爱，让你我永远珍藏。这世界，没有哪一天不像雪泥鸿爪，路过了，爱过了，便是福，便是雅，何苦纠缠于非要握住复杂的旧时光，就像花，像海，像你，我，还有他，在表演着属于你我的雪月风花。美酒只有经历岁月的沉淀才会更加香醇，人生就是一个不断积淀、经历的过程，如此，才越加丰富多彩！

载于《辽宁青年》

酒越久越香醇，每个人时间久了才能被人看清。去认真感悟生命吧，把这些交给时间！

不要狠命关上身后的门

文/乔孝驰

能控制好自己情绪的人，比能拿下一座城池的将军更伟大。

——拿破仑

拉法尔大学毕业后，凭着自己的实力应聘到了这家公司。心高气傲的拉法尔初入职场，就表现出了非凡的干劲儿。她暗自要求自己对工作投入百分百的热情，务必事事都做到最好。严于律己的拉法尔自然也用这种标准来对待自己的同事。在工作上，同事稍有疏忽，她就毫不客气地当面指出，哪怕这件事跟她一点关系也没有。即使上司有什么地方做得不够周全，她也会当场提出，全然不顾上司由白变灰的脸色。

有一次，因为工作上的问题，拉法尔跟一位同事争吵了起来，办公室里的其他同事闻声而来，都帮着那位同事说话。更让拉法尔生气的是，上司托马斯听了他们的辩论后，竟然也说是拉法尔的不对！

中午，同事们都休息去了。拉法尔坐在办公室里生闷气，她不明白自己到底做错了什么，难道自己对工作一丝不苟、认真负责也有错吗？从小一帆风顺的拉法尔哪里受过这样的委屈，一气之下，拉法尔决定一走了之。她拿起自己的背包，使劲拉开办公室的门，走出去后，只听“啪”的一声，她狠命地关上了身后的门。

正巧上司托马斯从对面走了过来，看着背着背包、脸上一脸怒气的拉法尔，托马斯不由得耸了耸肩，脸上露出了平和的微笑：“嗨，拉法尔，先别急着走，喝杯咖啡如何？”见上司并无敌意，拉法尔点了点头，跟着托马斯走到了旁边的休息室内。

一杯咖啡下肚，拉法尔激动的心绪稍稍得到了平复。“其实，我很欣赏你，拉法尔！”托马斯开口道。拉法尔一惊，但托马斯的眼神很真诚，拉法尔暗自松了口气，心里涌上了阵阵暖意。托马斯喝了口咖啡，接着说：“记得年轻时，我跟你一模一样，热心、直爽，对工作认真、负责。”托马斯的话让拉尔法彻底放松了下来，在潜意识里，每个人都希望自己得到别人的认可。

“但是，拉法尔，有一点你要记住，永远都不要狠命关上你身后的门，因为你不知道以后你还会不会再回来。当初我也像你这样，狠狠地关上了身后的门。是的，在那一刻，我有一种豪气冲天的感觉。兜兜转转之后，我终于在另一家公司站稳了脚，但在一次决定我职业命运的业务中，我看到了合作者的名字，正是当初我就职的那家公司！你应该能想象出来，当时的我有多尴尬、多懊悔！其实，仔细想想，自己也有很多不对的地方，有些时候，我们是不是在无意中狠狠地关上了一扇又一扇无形的房门呢？”托马斯一口气说完，深蓝色的眼睛中泛出了柔和的光芒。

拉法尔听完托马斯的话，仍呆呆地坐在椅子上一动不动。她细细地品味着托马斯的话，突然有一种如梦初醒的感觉。认真没错，直爽也没错，但一切都要有个度，要讲究方式方法。否则，就只能像自己之前那样，关上沟通的房门、关上情感的房门，甚至差点儿关上职业生涯的房门。

从休息室里走出来后，拉法尔长长地舒了口气，抬眼，门缝里飘进来一道道灿烂的光线，那是太阳输送的丝丝缕缕情意：她非常感谢托马斯及时对自己的点醒，也暗自庆幸自己还没有狠命地关上最后一道房门。

载于《健康与生活》

在成功的路上，最大的敌人其实并不是缺少机会，或是资历浅薄，最大的敌人是缺乏对自己情绪的控制。愤怒时，不能制怒，使周围的合作者望而却步。消沉时，放纵自己的萎靡，把许多稍纵即逝的机会白白浪费。管理好自己的情绪，你会一次比一次走得更顺畅。

第七辑

锻造生命链条的韧性

杰克没有以得失心来权衡工作的态度，而是用爱心去对待每一种卑微的生命，虽然因此让他与优评失之交臂，但这也让他因救助一个生命而快乐和心安，与此同时，生命也会回报给他意想不到的收获。

Zui Meiwen

八风吹亦动

文 / 俊彦

一个人如果能够控制自己的激情、欲望和恐惧，那他就胜过国王。

——约翰·米尔顿

佛家有句俗语叫“八风不动”。所谓的“八风”，是指利、衰、毁、誉、称、讥、苦、乐，四顺四逆共八件事。佛家教导说，应当修养到遇八风中的任何一风时情绪都不为所动，这就是八风不动。不论面对得到还是失去，欢喜还是忧伤，赞誉还是诋毁，都能做到气定神闲、不为所动，这样的人该有多么圣明、睿智，甚至几近不食人间烟火。也难怪会有那么多的凡夫俗子会对此心生向往。

说到此，不得不说起苏东坡的一件小事来。苏东坡一日兴起，作了一首赞佛的小诗：“稽首天中天，毫光照大千；八风吹不动，端坐紫金莲。”这首诗意境很高，苏东坡自觉甚是满意。于是抄好，让用人渡江到对岸的归宗寺，给好友佛印禅师看。用人归来，苏东坡满心欢喜地等待着佛印的大加称赞，没想到看到的却只有佛印在诗文下面写的两个字：“放屁。”苏东坡自然勃然大怒，马上雇船过江，要找佛印理论一番。他直奔佛印的方丈室而去，却见紧闭的门扉上贴了张字条：“八风吹不动，一屁过江来。”苏东坡见此恍然大悟，自知定力不足，顿时羞愧难当。

相信很多看过这个故事的人会情不自禁地对佛印竖起大拇指，说不定还会暗暗嘲笑苏东坡。我倒觉得这里的“羞愧难当”是后人揣测硬加上去的，依苏东坡洒脱的性格，顶多摇头一笑，笑自己的天真和孩子气。说实话，我也笑了，带着欣赏和会心的笑——在他身上何尝没有我们的影子呢！熬了几晚时间才做出的自认为完美的文案，却换来了领导的全盘否定；费尽心思为好友准备了一份惊喜，好友却不屑一顾；努力地表现自己，然后献宝似的给父母看，反而得到了父母不理解的责备……仅仅是这些小委屈、小失落就足以让我们奋起反击了，这时还哪管什么“八风吹来动不动”，先据理力争一番再说。如果对方不在眼前，效仿东坡同学“雇船过江”也是有可能的。

什么？怪不得我们不是圣人呢？谁说我们要做圣人了，且不说古往今来，真正能做到八风吹不动的所谓圣人有几个，单就是那种端着的姿态就足以让我们喘不过气来——做个率性直爽的凡人才更好。高兴就笑，不高兴就闹，失去了伤心，得到了自然开怀，遇到小委屈时，可以孩子气地去找对方理论，当然这样的人同时也是最单纯和简单的，因为对方的一句解释或者安慰，他就又可以扑哧一下笑出声来，之前好不容易装出来的生气早就烟消云散了。看看，如此简简单单、清清爽爽，多好！

做到八风吹不动，是圣人；笑看八风吹不动，是仙人。无论是圣人还是仙人，都是我等俗辈可望而不可即的。既然如此，倒不如做一个八风吹亦动的凡人，品尝酸甜苦辣，体会喜怒哀乐，有哭有笑，有玩有闹，谁说这样的人生不是精彩真实的人生呢？

载于《思维与智慧》

你我皆凡人，生在人世间。终日奔波苦，一刻不得闲。既然做不到圣贤，那就不如承接一切生活的琐碎。

人生没有多余的珠子

文 / 贾子安

任何一段经历，对于每个人都是很宝贵的经验。

——曾仕强

前几天读《史蒂芬·乔布斯传》，里面讲了乔布斯年轻时候的一段经历。位于俄勒冈州波特兰（Portland， Qregon）的里德学院（Reed College），是乔布斯只读了一个学期就离开的学校。由于不到 20 岁的他还无法清楚地了解读这个学位的价值，尤其当学费耗尽了他工薪阶层父母的薪水时，他果断地休学了。但是这半年的大学生涯于他却有着非凡的意义，对他以后的人生产生了深远的影响。

里德学院有很好的书法指导课程，校园里的海报或标语上，甚至学生的课桌抽屉上，随处可以见到学生们书写的优美的字体，这使得乔布斯对此产生了浓厚的兴趣。休学后，乔布斯选修了书法的相关课程，从中不仅学到文字的优美写法，也见识了字母在组合时的间距灵活性。无疑，这一阶段的学习，对乔布斯来说是艺术的重要启蒙。

当年只是着迷于字体的美感而选修了书法课程，孰料十年后，当乔布斯和同伴开始设计第一台麦金塔电脑（Macintosh）的时候，忽然回忆起曾经学过的这门书法课。他灵机一动，于是将这些字体观念与应用融入了麦金塔的设计里，因此后来的电脑便有了各种漂亮的字体可以使用。

乔布斯的这段故事告诉我们，人很难在当时就能看出各种遭遇与经历的意义所在，只有时过境迁，再重新回顾过往的时候，才知道它会在你生命中具有何种价值，会迸发出怎样璀璨夺目的奇异光彩。

突然想到了朋友的故事。朋友小时候与一家裁缝铺比邻而居，使得她有机会从裁缝铺里捡各种颜色的细碎布头，然后一个人穿针引线，连缀成色彩斑斓的布片和形状各异的布娃娃。长大之后，朋友对绘画的兴趣越来越浓厚，稍有空闲就埋头画了起来。她对绘画的痴迷，可以说到了走火入魔的地步，家里、饭堂、宿舍、课桌上，甚至厕所的墙壁上都留下了她的即兴涂鸦之作。她的画作虽寥寥几笔，但人物的神态和动作无不栩栩如生，惟妙惟肖，每个看到的人莫不由衷赞叹。

多年之后，朋友考上了中国传媒大学，开始接触动漫设计。她很快便得心应手，表现出了超人的才华，在动漫领域渐渐崭露头角。短短的几年工夫，她已经是声名鹊起的动漫设计师了，听说有了自己的公司，年薪几百万元。

当有人问及她的成功，她不无骄傲地说："非常庆幸儿时与裁缝铺为邻，让我接触到了那么缤纷斑斓的色彩和线条，那时的经历培养了我最初的美感；也非常感谢少年时代老师和父母对我的包容，让我得以继续儿时的梦。这些经历都让我受益无穷啊。"

毫无疑问，朋友的这些经历与她日后的成功有着多么密切的关系。让我们不得不惊叹生活和命运的奇妙！我们永远不知道曾经的经历什么时候会派上用场，有了真正的价值；我们永远也不知道上天在我们内心播下的种子，什么时候会悄然发芽，暗自生长，有一天竟然会变成参天之木。

我们常常在时过境迁之后，才知道人生为何会有如此的安排。因此，当我们遭逢挫折或享受万丈荣光的时候，既不必垂头丧气怨天尤人，也不要趾高气扬得意忘形，因为我们无法明确这小小的失落和成绩，在漫长的人生长河里会占据着怎样的分量，会产生怎样的价值。

所以，我们先不要着急诊断当前的遭遇，不要急着对当时的经历做出判断。太多当时不解的疑惑与遭遇，都要到很久之后才会揭开谜底，我们才会恍然大悟，当初上天是如何在我们的心灵中播种，才成就了我们如此灿烂美好的人生。

每一段经历都是一颗闪光的珍珠，只有把它们一颗颗串联起来，才能组合成人生璀璨夺目的项链。而人生没有多余的珠子，每一段经历都是我们极其宝贵的人生财富。

载于《人生与伴侣》

经历失恋，让你学会怎样去爱一个人；经历挫折，让你学会怎么重新再来……感谢经历，让我们成长。

按自己的速度生活

文 / 张倩茹

回看射雕处，千里暮云平。

——王维

沈从文先生是 20 世纪中国非常有名的文学家。他 21 岁的时候离开家乡，到了北京，在西城区租了个破房子开始写作。那时，他还是个在文坛上默默无闻的小人物。他并不跟当时那些如日中天的作家比，自己一个人蜗居在小房子里埋头写作。当他写到第五个年头的时候，他在日记里写道：“我已经相信，我的文章在中国能够进前十名了。”

后来，沈从文写出一系列具有湘西风情的作品，在中国文坛上独树一帜，奠定了他在中国文学史上的地位。

沈从文不盲目地跟别人比，不因别人超越自己而内心焦躁、惴惴不安，也不因别人逊色于自己而轻狂自大。相反，以一颗沉潜之心，按自己的速度写作，专注地做自己应该做的事，不疾不徐。当他偶一抬头，发现自己已经走到了许多人的前面，成绩斐然，令人咂舌。

曾听一位教师朋友说起过她的成长经历。她刚从乡下调到县城工作，看到同事的教学进度很快，深感压力之大。于是每天匆匆忙忙，撵着别人的脚后跟走。那段时间里，她每天都身心俱疲，焦虑不安，陷入了巨大的惶恐之中。盲目地跟着别人走了一段时间之后，她实在受不了了，几欲崩溃。

这时，她的父亲对她说："按自己的速度生活，不要受别人的影响。"从此，她强迫自己静下心来，及时地调整了教学策略，按自己的速度来安排教学。一年后，她取得了骄人的成绩，令许多人望尘莫及。

试想，如果朋友一味地跟同事比，执迷不悟地追逐别人的脚步，且不说教学效果如何，仅仅是她的身心所承受的巨大压力和巨大戕害，就足以令人扼腕痛惜了。

在这个人心浮躁的时代，每个人都渴望一夜成名，有的人甚至为了追求所谓的成功，不惜以身试法，做出令自己追悔莫及的事情。明确自己的奋斗目标，按自己的速度生活，不受他人的影响，一点一滴地，孜孜不倦地勤奋努力，将我们脚下的路走稳，把身边的事情做好，这实在是一种明智的生活态度。

"欲速则不达"是人所共知的道理。只有我们看淡成败得失，泰然处之，以豁达平和的心态，按自己的速度生活，不急不躁，稳稳地走好当下每一步，坚持下去，也许成功就在下一个路口笑意盈盈地恭候着你。

载于《人生与伴侣》

每个人都应该去寻找那个最真的自己，做自己最喜欢的工作，努力成为想成为的那种人。就像村上春树说的那般贴切："你要听话，去过自己另外的生活，不是所有的鱼都生活在同一片海里。"

逆境是一种祝福

文 / 贾万民

人要学会走路，也要学会摔跤，而且只有经过摔跤，他才能学会走路。

——马克思

朋友少小离家，经过十多年的打拼，在南方一座大城市有了自己的公司。在商场上叱咤风云的他，终日陷入没完没了的忙碌，没完没了的应酬中，一年也难得回家陪陪日益年老的父母，就连与娇妻爱子相处的时间也很短暂。他慨叹，我现在除了钱，什么也没有了。虽然如此，可他还是像个飞速旋转的陀螺一样，无法停下脚步，日复一日地辛苦劳碌着。

不料，由于下属的一次失误，使得他的公司出了严重的亏空，他绞尽脑汁使出浑身解数去弥补，可仍无法力挽狂澜，不得已他只好申请破产。看到他遭到如此重创，那些昔日生意场上的伙伴竟像蒸发了一般，躲得不见了踪影。他意志消沉，沮丧绝望像条野生的藤蔓一样紧紧地缠绕着他。

为了尽快振作，早日跳出命运的泥潭，他回到了那个生他养他的小山村，他相信亲情和家乡秀丽的青山碧水会滋润他那颗几欲枯竭的心。人们常说，一个人无论多大，在父母面前永远是长不大的孩子。确实如此，虽然父母衰老得像两株熟透了的庄稼，但是还是像他小时候受到委屈那样，轻声安慰他，温柔地鼓励他。

父母温情的呵护，渐渐融化了他心中的坚冰。美丽如画的山村风光，清新的空气，洁净的河流，让他的心越来越宁静。他一颗久被迷雾笼罩的心豁然开朗，过去的那些成败荣辱像流云一样退到了苍茫的天际，他渐渐意识到这里才是自己生命的根，是自己灵魂的源头。一种任何华丽动听的语言都无法形容的幸福感涌上心头，这种幸福是他过去那些成功和奢华的生活都无法比拟的。他的心轻盈如蝶，于是他做出了一个让别人无法理解的决定：回到父母的身边，陪伴他们走完这段将被疾病缠身的孤寂岁月。

五年后，父母相继离世。当他从那个小山村里走了出来后，眼神清亮，像被山野清泉洗濯过一样，清澈明亮。他说，正是在生命的逆境里，才深刻理解了生活的含义，才真正体会到亲情对他来说是何等重要，陪伴父母走完了那段苍老岁月，他的心中没有一丝遗憾。

正是这次挫折，才使他奔波的脚步慢了下来，使他对生活有了更深刻的领悟，让他的人生不再留有遗憾。

表哥在当地开着一家服装厂，他们生产的衣服由于设计新颖，做工考究，订单像雪片一样飞来。接待客户，陪工人加班，表哥忙得天昏地暗，常常连饭都顾不上吃。虽然存折上的数字以平方一样的速度迅速增长着，但是他却越来越消瘦，最终有一天晕倒在车间里。

康复之后的表哥做出了一个重要决定，他高薪聘请了一个厂长来替他管理生产，还请了一个负责销售的经理来联系业务，他则优哉游哉地过起了神仙一般的日子，钓鱼、旅游、下棋、练习书法……他说多亏了这场病，不然我还不知道这世界上还有这样一种生活方式，还不知道自己会被金钱奴役多久。

一场病让表哥明白了许多，让他懂得了金钱不是人生的全部，人更应该善待自己，把自己的生活经营得幸福快乐。

看来，逆境并不是人们想象中那样坏。它更多的时候是一种提醒，一种祝福，祝福我们更加珍惜亲情，更加善待自己的身体，更加懂得享受生命的过程。

所以，逆境时，大可不必垂头丧气，怨天尤人，而应该让心灵沉潜淡定，静静地享受逆境的祝福，这样才不会辜负了命运丰厚的馈赠。

载于《新青年》

顺境用来享受，逆境用来打磨自己。哪个更有用呢？都是一样的，感谢你生命中的逆境吧，因为有了逆境，才有了你顺境时苦尽甘来的幸福。

人生三境

文 / 张燕峰

内心的平静与安宁！只要有了这个，也就达到幸福的境界了。

——琼瑶

作家麦家曾经这样说过："平庸的人有一条命：性命；优秀的人有两条命：性命和生命；卓越的人有三条命：性命、生命和使命。"

细细想来，此言还真是精辟，概括出了人生的三种境界。

从呱呱坠地那一刻起，我们就拥有了属于自己的性命。无论是达官显贵还是平头百姓，每个人的性命只有一次，这一点上苍对任何人都是绝对公平的。无论生活得精彩、轰轰烈烈，还是落魄、黯淡无光，等到你离开这个人世的时候，性命便就此终结，戛然而止，画上了永远的休止符。由于性命只有一次，所以每个人自然都视如珍宝，一旦失去性命，万事皆休。

平庸的人，只是来世上走了一遭，徒有性命而已。他们只追求一日三餐的温饱，没有高远的目标，亦没有伟大的理想，饱食终日，像拉磨的驴子一样，每一天都重复着昨天的故事，性命被他们蹉跎成了一个个简单的日出日落。想来，这便是第一种境界吧。

优秀的人则截然不同。既然来这世上走一遭，就绝不能白活一回。一定要活得有滋有味，有声有色，活出一份不同于芸芸众生的自我来。因此，他们在珍惜性命的同时，更注意提高内在修养和生活质量，修心养性，内修心灵，外修仪容，每一寸光阴都活得充实，有情趣，有尊严。正所谓“我们不能决定性命的长度，但能拓宽性命的广度”。生活有了更广阔的空间，性命自然更有意义，就可以当之无愧地称之为“生命”，显然，在做人的格调上，生命比性命更胜一筹，此乃人生的第二种境界。

卓越的人，把自己的生命同国家、民族甚至整个人类的命运紧紧联系起来，赋予生命至高无上的责任，他们的肩上便有了沉甸甸的担当，这就是神圣的使命。我们中华民族有五千年悠久历史，这样彪炳史册的人自然不胜枚举。林则徐曾经说：“苟利国家生死以，岂因祸福避趋之。”在林则徐眼中，与国家的利益相比，一己性命轻如鸿毛，所以他敢于直言进谏，为了国富民强，做出虎门销烟的壮举，虽被流放伊犁也无怨无悔。近代的钱学森为了报效祖国，放弃了美国优厚的生活条件，冒着生命危险，也要远渡重洋，回归祖国怀抱。“两弹元勋”邓稼先为了国家的国防事业鞠躬尽瘁，在荒凉艰苦的沙漠之地默默奋斗数载，直至献出宝贵的生命。

毋庸置疑，使命是远远地高于性命和生命之上的第三种境界。他们有高远的人生目标，矢志不渝的人生信念，崇高的革命理想，以国家的兴旺民族的复兴为己任，粉身碎骨浑不怕，把使命看得大过天，超过命。因此，为了完成使命，即使赴汤蹈火也在所不惜，在历史的长河中，谱写了一曲又一曲惊天地泣鬼神的诗篇。

平庸的人，浑浑噩噩，虚度一生；优秀的人，挑战自我，超出常人；卓越的人，铁肩担道义，不同凡响。朋友，做什么样的人，全在于你自己的选择。

载于《课堂内外》（高中版）

高尔基说，暂时的是现实，永生的是梦想。那些绝望与希望并存的时刻，都是躯体与灵魂的高度对话，从而一次次遇见更好的自己。

路口，向前走

文 / 雪炘

爱情原如树叶一样，在人忽视里绿了，在忍耐里露出蓓蕾。

——何其芳

一

我知道这次会见到他，也不止一遍地想过相见的情景，却怎么也没想到现实比小说更具戏剧性。

二

第一次一个人走那么长的路，我却一点儿也不害怕，反而是满心期待地踏上了去远方的路。我想我是长大了，不再是那个需要保护的孩子了，也不再是踩着少年的影子想有人呵护的小姑娘了。

这是毕业后的第一次相聚。

长途大巴到站，微笑还在拥抱中绽放，就已经被拉上去往大雁塔的公交车。伴着音乐喷泉，按动相机快门，一个又一个靓丽的身影诠释的是青春的精彩。而我心里却始终有一根弦紧绷着，那是想弹出青春风情万种的弦，是想看穿青春结局的弦——去钟楼找他。

他是被时间覆盖的一部美丽童话，出现在了严寒的冬季，出现在我最伤痛的缝隙里。我一直觉得是他抓着我的手，陪我走过了那段不堪回首的日子，然后像天使一样离开。是我太倔强，站在原地不肯离开，想等他再回来。

听说他到了这座城市，既然来了，就趁这个机会去找他。

其实我只知道他在城楼那块，而且告诉他，这两天会去找他。他说，好，到了打电话。可是，我出门没有带手机，也没有记住他的手机号。我还在想办法的时候，大雁塔已玩尽，下一站是一所著名大学。

陌生的城市，陌生的路，陌生的站牌，才使我们在那个路口辗转了好几个来回。

我喜欢站在路口看风景，因为路口是最有故事的地方。大家都不会在路口停留，匆匆忙忙走过，拐入属于自己的方向。而这时的我们，像一群春天里的鸟鹊，在路口反反复复找不到方向，却依然忘乎所以地说说笑笑，仿佛有路就有方向。

终于确定要找的站牌在马路对面一百多米处。

伴着绿灯的倒计时，我们快步向前，笑容在落叶间飞舞。脚步还没有完全脱离斑马线，手里包包却瞬间沉了许多，笑容也在那一刻凝固。朋友们拉着我的胳膊，问怎么了，我终于呼出了他的名字。

三

我在这个路口碰到了他，像一场注定中的意外，却真实地终结了一个故事。我不曾想到，路口原来会成为故事的结局，上演一场情感事故。

当他握着手机从我身边走过，当我回头看他，当她们朝那个拐入另一个路口的身影追去，我就知道自己错了。我看到红灯一直跳跃，我看到她们在站牌外你推我搡，我看到他踏着红灯朝我走来。

一步一步，像电影里的慢镜头，却冷得那么不真实。

他的着装邋遢散漫。

他的步伐像忘掉谱子的手指。

他的面目似冬天的枯叶。

他一边聊手机 QQ，一边抽烟。

他一直对着我笑，笑得停不下来，笑得有些失声。此时的我已经精神恍惚，感觉是在做梦，梦里在上演恐怖片。

我想说的好多话，在那一刻，都随风飘落。

好像早有预料，我没有一丝伤感，只是平静地离开，像他当初离开我一样。

在我转身的那一刻，一阵风吹过，瞬间叶如天女散花，从头顶飞舞到脚步间。在风与叶之间，隐隐约约听到一个声音，从身后传来——我想过无数次我们见面的场景，却怎么也没想到会是这样。

我微笑，不回头，卷起一地枯叶。

四

朋友们问我，他一看就不是好人，我为什么把他说得那么好？我以欺骗的罪名放弃了辩解，因为她们和我一样，固执地忘记了时间，忘记了时间在我们身上的改变。

蕾子的改变让我最意外，以前那个唯唯诺诺的弱女子，竟然变得那么勇敢沉着。是她最先站到了他面前，是她愤力地说他是垃圾，是她说我一点儿都不现实。我目瞪口呆于她的改变，竟然忘记了她是在批判我的等待，是在愤怒他的表现，是在否定我和他的曾经。

她们说，他早就忘记我了，否则眼神不会那么陌生，不会有片刻思考，才在不乐意中走近我。

语言已是个累赘，我不想思考太多，只想为故事写上结局。结局之后便是忘记，忘记曾经那个温暖善良的人，像忘记叶子从哪个位置飘落一样。万事万物自有规律，只需要记得他存在过，没有停留，也不可能始终停留于某处。

当我再次登录 QQ，看到他在相遇前一天的留言：“我在大雁塔，这个周末你安排时间，到时候打电话就行。”

这就是所谓的宿命吧，偏偏那天我没上网，偏偏我们那天就去了大雁塔，偏偏他也经过了那个路口。

双休日过后，他又留言，问我怎么不打招呼就走了。

星期一晚上，我上线，他说见面对我来说就是寻求一个不再等待的理由。

我不做任何回复，也不需要做任何回复，我们超不过时间，抵不了改变。

他仿佛也明白这一点，所以带着他的一切，消失在了我的世界里——QQ 好友里找不到他，因为他拉我到黑名单了；手机通讯录里也找不到他，因为手机突然就再也打不开了；在路口更不会碰到他，因为我离开了那座城市。

五

当汽车将那座城市丢给了过往，想想这一周以来的收获，或许可以将这次旅行命名为“改变”。我像个站在广原上的孩子，望着熟悉的天空，却觉得格外陌生。

转身对一个坚持者来说并不难，不转身，只是因为没看到结局。虽然知道有些事情并无想象中那样美好，但我愿意相信奇迹，因为只有相信，它才可能是真的。就算奇迹没有出现，让我看到最惨痛的结局时再放手，不也是一种很好的体验吗？

窗外一片漆黑，从玻璃上看着自己的样子，有一种说不出的轻松。也许我的等待不是因为感情，而是因为性格，因为我等的只是一个结局。

突然想起他被风吹得很轻的一句话——你越来越好看了。

是啊，认识他的时候，我还是个羞涩的少女，而现在已是自信的青年。自信的女孩最美丽，美丽的女孩更自信，我的生活一直在良性循环。然而，他呢，为什么会越来越像痞子？

这就是他们说的现实吧！

什么是现实？现实就是，跟着时间跑，不管正确与否。

我们都一样，想趁早拥有自己想要的一切，总怕时间来不及。所以才会着急，所以才会想走捷径，所以才会不择手段。只怪人生太短，我们跟着时间跑在杂乱无章的轨迹上，却忘记了自己原本要去的方向。但是，如果生命无限长，我们就不这么慌乱、这么着急了吗？

这个世界是经不起反问的。

汽车快到站的时候，邻座的人播放起了歌曲，《分手在那个秋天》撕裂了我最后的坚强。伤感涌入鼻孔，车一轻晃，便与曲调和枯叶一起零落。

六

再次接到蕾子的电话时，我正在路口等红灯一秒一秒消失。

“你没事吧？”她问。

“当然。”

“或许我们是错的，或许他只是不想让你看到他颓废的样子。”

“我们是否正确，我不知道，我只知道……”

“……什么？”

我拎好包包，跨出一步，走上斑马线：“路口，向前走。”

载于《新青年》

有没有这样一个人，回忆里牵手，梦境里相逢，时光里想念；有没有这样一份爱，青春里疯狂，流年里追寻，前程里遗憾。但是这有什么呢，勇敢去追就是了！

我叫莎士比亚

文 / [美] 威廉·莎士比亚　孙开元 编译

我们对自己抱有信心，将会使别人对我们萌生信心的绿芽。

——拉罗什富科

我的一生总是别人嘲笑的目标，因为我的名字恰巧也叫威廉·莎士比亚，我遇到的每一个人好像都会因为这个名字打趣或教训我。而且他们的讥讽之词也没什么创意，老是那么几句。

不是我不喜欢结识新朋友，想想吧，别人在一个派对里向大家介绍我："这是我的朋友威廉·莎士比亚。"甭说别人，连我都觉得听起来怪怪的。

我的麻烦是从懂事起就开始的，大孩子们会质问我："你的名字不赖，和伟大的莎士比亚有亲戚？"

后来我上了小学，别的同学成绩有点儿退步，老师顶多会给几句柔声的提醒就算完事，我行吗？没那么便宜，老师会加上一句："任何一个叫这个名字的人拿到你这样的成绩，都应该感到丢脸。"

长大以后，我真正的麻烦才开始。除了每天家常便饭般的无聊取笑，很多想不到的情况都让我感到无地自容。第一次是我在纽约州铁路局当电话接线员的时候，那还是在 1917 年的一个星期日下午，我正在办公室里坐着，突然听到有人使劲敲售票窗。我打开了窗口，原来是一位乡下学校老师想买一张去纽约市的火车票。我告诉她，我不管卖票，等到5点售票员回来才行。她一听大发雷霆，说她从没受过这气，并且朝我吼："年轻人，你叫啥？"我知道又要往枪口上撞了，可还是如实回答："我叫威廉·莎士比亚。"

果然，她一听更加火冒三丈，肯定觉得我是在拿她找乐。铁路局很快知道了这件事，没过两个星期就把我换了岗，还让我临走时写了份检查，交代了事情经过。直到调走以后，这件事仍然是大家的笑柄。

还有一件事令我终生难忘，1931年，我住进了华盛顿市医院，一次，当时的胡佛总统邀请一些病号去参加白宫草坪见面会。场面很热闹，我也很开心，直到我要和总统见面的时候。

我们排着队往前走，每个人都要向站在总统旁边的军官报告一下自己的名字，然后他再向胡佛总统申请接见。我很随便地向军官说出了自己的名字，立刻看到他脸上的微笑变成了怀疑。他朝一个穿着便衣的特工点了点头，特工马上走了过来，胡佛先生脸上的笑容也从欢迎变成了一种同情。等我走了过去，听到胡佛先生对他身边的军官小声说："得了这种病的人确实很可怜。"

见完总统，我回到了医院，又过了几天，辛斯将军来医院视察。我正在病友的房间里坐着，将军走了进来。将军关切地问我叫什么名字，我想起了在白宫草坪时的事，没好气地回答："你问这干啥？"将军有些不知所措，旁边的护士忍不住大笑，向将军解释了我不敢说自己姓名的原因。将军拍了拍我的肩膀说："我不怪你。"

还有一次，我在华盛顿时开一辆朋友的车出门，因为无照驾驶被送进了警察局，警察要检查我的证件。不巧的是我没带任何可以证明自己身份的证件。于是警察问起了我的姓名和住址，我知道如果说个假名字可能麻烦更大，索性报上了真名。警察一听就竖起了耳朵，对我说："嗬，来了位智者，您的作品还嫌不够幽默？在您老实交代之前，就给我在这儿待着！"

直到第二天早上朋友来警察局说明了情况，我才获得了释放。

我的生活就是这样，事情一波未平，一波又起，有的搞笑，有的尴尬，有一次还差点儿被当成杀人犯呢。父母们都想为孩子起个流芳百世的名字，小心别像我的名字似的弄巧成拙。如果你姓爱迪生，就不要给孩子起名叫托马斯；如果你姓华盛顿，给孩子起什么名都行，就是别叫乔治。

就我来说，如今我已经到了对所有因为名字带来的烦恼付之一笑的境界，但是说心里话，还是希望父母给我起个“酷毙了”的名字，只不过不是威廉·莎士比亚。

载于《讽刺与幽默》

烦恼这东西，你不在乎它，它就伤不到你。抛弃使你烦恼的诟病，大步向前吧！

锻造生命链条的韧性

文 / 王维新

宝剑锋从磨砺出，梅花香自苦寒来。

——佚名

自从因特网普及以来，世界突然变得小了。互动平台给人们带来了交流的便利；资源共享给人们提供了精神盛宴；博客微博张扬了写作的个性；快捷通达链接了遥远的友情。

当春天来临的时候，窗外桃花飘香，大地生机勃勃。我看到了一位文学朋友给我的留言，她感慨万千，说自己写了几年博客，发了不少文章，却没有得到一分钱稿酬，有些文章还被别人剽窃。因此她不想再写博客文章了。可是，后来又一想，她长期不更新，担心我会以为她死了。为了证明她还活着，过一段时间她就发一篇文章。看到这条留言，我在好笑之余陷入了忧虑和深思。她为什么厌世呢？

她出身于高干家庭，自小享受着优厚生活条件。之后又到深圳去发展，有车有房，家财过亿。一个偶然的机会，我在人和网上看到了她发给我的纸条，她们全家已经移居美国，住在加里福尼亚州的一处高档花园里，过着贵族人的奢侈生活。如此这般，她还觉得活着没有意义。倘若如此，那么，像我们这些还在温饱线上奋力地挣扎，为了养家糊口四处奔波的人，难道去碰死不成？

人活一世，生命暂短。当我们进入暮年，或者将要离开这个世界的时候，回顾我们所走过的生命历程，扪心自问：我这一生都干了些什么？有哪些值得别人留恋？有哪些值得家人自豪？有哪些值得自己欣慰？我为什么而活着？我活得有意义吗？我活得有价值吗？我活得有情趣吗？我活得有品位吗？“有的人活着，他已经死了；有的人死了，他还活着。”

生命是不可复制和再生的珍贵资源，珍惜生命、敬畏生命、关爱生命，让生命之光化作流星，给苍穹带来一束亮光；让生命之船扬帆启航，驶向充满希望的胜利彼岸；让生命的种子在肥沃的黄土地上生根发芽，开花结果，造福人类；让生命之琴演奏出昂扬向上的命运交响曲，用那优美的旋律去拨动人们寂寞孤独的心弦，用那高尚的情操和境界去填充虚度的光阴，把有限的生命打造成黄金链条上的经典之作!

生命的意义不在于寿命的长短，不在于对物质占有的多寡，不在于身外有多少头衔，身后有多少奉承和赞誉，而在于它的韧性能否经受住人生火炉的熔冶和锻造，在于它的存在或消失给他人和社会带来的是幸福还是伤痛，在于他对生命的体验、认知和感悟的高下。

人生旅程，福祸相伴。不可能事事称心，处处如意。如果我们稍微遇到一点挫折、一点磨难、一点坎坷就忧心忡忡，郁闷惆怅，甚至想结束自己的生命，以死了之。那么，我们的生命链条未免太脆弱了。我们的自尽只能是亲者痛，仇者快的蠢事，只能给家人和亲友的心灵上横插一把钢刀，也证明了你是一个懦弱者、失败者、逃避者。当魔鬼试探着在敲响俗人之门的时候，他们用鲜花簇拥着的是一张暗藏杀机的死亡请柬，专门寻找的是意志薄弱之人。也许，你以为从楼顶跳下去就会融化在蓝天里，你的灵魂就会被超度到极乐世界去，让你过上无忧无虑的神仙生活，其实，那种虚无缥缈的杜撰是不存在的乌托邦。

有人说生死由命，富贵在天。其实，人的命运是任何上帝都主宰不了的，就连耶稣也无能为力。如果说，命运是一只飘向高空的风筝，那么，掌控这只风筝的绳索，就在你的心中；如果说，命运是一只驶向大海的船舶，那么，把握这只航船的舵盘，就在你的手中。踏平坎坷成大道，阳光就在风雨后，世上没有过不去的火焰山。让我们以平和的心态，热爱生活的激情，去拥抱美好的未来，把行动的刻度调节到励志的钢砧上，把生命链条的韧性锻造得更加绵长、更加富有弹性，使生命之光在启智奉献中迸射出璀璨的火花！

载于《哲思》

“暴风雨过后有最绮丽的彩虹，尘封千年的坛子里有最香醇的美酒。”玉不琢不美，人不磨不灵。磨炼自己，在磨炼中造就自己，在磨炼中重塑自我，使人生的价值得到最大的体现。人生到处多磨炼，我们应做的不是在磨炼中决定放弃，而是在磨炼中学会自强。